Lᴀ MAURIENNE

=== SUIVI DE ===

UNE EXCURSION A ROUEN

ASCENSION DU PILATE

UN TOUR EN ANGLETERRE

La MAURIENNE

==== SUIVI DE ====

UNE EXCURSION A ROUEN
ASCENSION DU PILATE
UN TOUR EN ANGLETERRE

Voyages, illustrés de nombreuses gravures.

2ᵉ mille.

Société Saint-Augustin,

DESCLÉE, DE BROUWER et Cⁱᵉ.

LILLE, rue du Metz, 41. — 1892.

I.

La MAURIENNE.

La MAURIENNE.

En récompense d'une année de travail et de bonne conduite, les trois enfants de M. Darcy, Paul, Marguerite et Jeanne, avaient obtenu de faire une excursion complète dans la vallée de La Maurienne. *Chambéry devait être la première halte du voyage.*

 CHAMBÉRY et ses ENVIRONS.

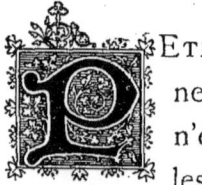ETITE ville paisible, Chambéry ne retiendrait pas le voyageur, n'était sa situation agréable et les nombreuses et attrayantes excursions qu'offrent ses environs.

La ville ne possède d'autres monuments que la Cathédrale et le Château. De celui-ci il ne reste qu'une tour carrée surmontée de mâchicoulis et dominée par une tourelle assez hardie. La chapelle est aussi conservée, mais abîmée par de maladroites restaurations.

Chambéry est la patrie des de Maistre, Joseph et Xavier, deux frères dont le nom vivra dans l'histoire des lettres. Joseph, l'auteur des *Soirées de Saint-Pétersbourg,* est un des plus grands penseurs de notre siècle ; Xavier, aimable écrivain, dont le *Voyage autour de ma Chambre* et le *Lépreux de la Cité d'Aoste* sont conservés comme des bijoux de style.

Une des premières excursions des enfants fut pour le lac d'Aiguebelette.

Les enfants l'admiraient avec de naïves exclamations, quand un vieux paysan, séduit sans doute par leurs manières simples et leur bonne humeur, s'approcha d'eux.

— Savez-vous l'histoire du lac, mes petits amis ?

— Il a une histoire ? demanda Jean.

— Oui.

— Oh ! dites-la-nous, je vous prie !...

Chambéry.

— La voici comme mon grand-père me l'a racontée :

« La plaine occupée par le lac était autrefois une riante et fertile vallée ; un village prospère s'élevait au milieu.

Le lac d'Aiguebelette.

» Une nuit de tempête, un vieux mendiant y vint frapper à la porte d'une ferme :

» — Passe ton chemin, vagabond, il n'y a pas de place ici pour toi.

» Tel fut l'accueil qu'il reçut.

» Le vieillard alla frapper à une autre

porte, qui ne fut pas plus hospitalière.

» De porte en porte il parcourut tout le village ; aucune maison ne s'ouvrit devant lui avant la dernière, une masure habitée par une pauvre vieille dont tout l'avoir était un petit champ à l'entour de sa maison-nette.

» — Entre, vieillard, lui dit-elle en ces-sant d'égrener son rosaire, j'ai du pain et du lait pour te rassasier et un fagot pour te chauffer.

» Le vieillard but et mangea ; puis, s'étant chauffé, il prit congé de la pauvre femme en la bénissant.

» Mais quand il fut dehors, sa taille se redressa, et les traits du vieillard firent place à ceux d'un jeune homme admirablement beau.

» C'était un ange que Dieu avait envoyé pour éprouver les habitants.

» Alors l'ange étendit la main et fit en-tendre ces paroles : — « Hommes cruels qui repoussez le pauvre, membre vivant de

Jésus-Christ, la malédiction de Dieu est sur vous et sur vos enfants ! »

» A ce moment il disparut, et les eaux envahirent le village et l'engloutirent avec ses habitants. Il ne resta que deux îles au milieu de l'eau, c'était le petit champ de la veuve et celui de sa fille. »

Telle est, en effet, la légende qui se raconte encore au coin du feu dans la veillée d'hiver. Elle apprend à être charitable et à voir dans le mendiant qui passe un envoyé du Ciel.

Paul resta un moment pensif, puis s'écria : « C'est bien fait ! »

⁎

Après Aiguebelle, Challes.

Cinq kilomètres seulement séparent cette jolie petite station thermale de Chambéry. Les enfants firent le trajet par le tramway. Les eaux de Challes, très sulfureuses, sont souveraines, au dire des médecins, contre les maladies de la peau. Paul en voulut goûter ; mais il fit la grimace et n'alla pas jusqu'au fond du gobelet.

***

Les voyageurs se rendent aussi au châ-

Challes-les-Bains, le Nivolet et la vallée.

teau de Chignin, dont les restes sont encore grandioses et méritent une visite.

En poursuivant leur route, ils traversè-rent les abîmes de Myans, contrée dont les

Restes du Château de Chignin.

Notre-Dame de Myans et le Mont Granier.

formes bizarrement tourmentées conservent les traces d'un cataclysme épouvantable. En 1248 un éboulement précipita dans la vallée toute une partie du Mont Granier, ensevelissant sous ses fragments la ville de Saint-André et seize village des environs. Cinq mille personnes périrent dans la catastrophe.

La statue de la Sainte Vierge vénérée à Myans est attribuée à saint Luc. Elle remonte certainement à une haute antiquité.

Les populations du midi ont pour Notre-Dame de Myans une vénération extrême, et tous les ans son sanctuaire attire, le 8 septembre, de nombreux pèlerinages de tous les points de la France.

Cette dévotion est à ce point populaire que le régime de la Terreur fut impuissant à la contenir. Les énergumènes qui tenaient alors la France effrayée sous leur sanglante tyrannie, durent plier devant une levée en masse de plusieurs milliers d'hommes, et les portes du sanctuaire de Myans demeuraient

ouvertes, alors que partout les églises étaient
fermées et que les prêtres, proscrits, étaient
obligés de se cacher pour exercer, au prix
de mille dangers, leur saint ministère.

 Le CHATEAU de MIOLANS.

CEPENDANT Paul, Marguerite et Jeanne
brûlaient de commencer ce qu'ils appe-
laient leur vrai voyage. Il fut décidé qu'on
remonterait la vallée jusqu'au tunnel du
Mont Cenis. Longue de 75 kilomètres à
peine, cette vallée, encaissée entre les Alpes
Cottiennes et les Alpes Grecques, est l'un
des coins les plus pittoresques de la France,
et les enfants se promettaient un grand plaisir à la visiter. Par une belle matinée, le
train de Modane déposait toute la caravane
à St-Pierre d'Albigny. Au premier article
du programme figurait une visite au château de Miolans.

. Le château se dresse au sommet d'un
rocher à pic, à plus de 250 mètres de hau-

teur. Au-dessus s'étagent les montagnes de
l'Arcluzas ; en face, de l'autre côté de l'Isère
les massifs du Mont Cenis.

Le château de Miolans ;
vue du Mont Cenis.

Vaillamment, nos jeunes amis se mirent
à gravir la rude montée, Paul en avant. Une
plume blanche, dépouille opime de quelque

pauvre poule, s'étant trouvée sous ses pieds, il la planta fièrement à son chapeau en s'écriant : « Suivez mon panache blanc, Mesdemoiselles, il vous guidera vers le chemin... du château de Miolans ! »

Bientôt l'on fut en haut.

Les constructions qui subsistent du château, privées de toits et en partie effondrées, suffisent encore à témoigner de son ancienne splendeur.

Les ruines sont considérables, mais aucune pièce ne subsiste intacte, à l'exception des prisons.

— Voici les oubliettes, fit le paysan qui les accompagnait dans les ruines. C'est là qu'on jetait les prisonniers pour les laisser mourir de faim !

— Les oubliettes ? fit Paul en se penchant sur le trou béant que l'autre désignait : brrr !

MARGUERITE.

C'est donc bien vrai, papa, qu'il y avait

des oubliettes dans les châteaux du moyen
âge ?

PAUL.

Mais puisqu'on te les montre.

MARGUERITE.

Oh ! qu'est-ce qui te dit que ce sont vraiment des oubliettes ?

PAUL.

L'homme, donc !

MARGUERITE.

Qu'en sait-il ?

PAUL.

Dame... il est du pays, il doit le savoir.

MARGUERITE.

C'est possible, mais enfin...

M. DARCY.

Tu as raison de douter, Marguerite, car
rien n'est moins authentique que l'existence
de ces fameuses oubliettes.

PAUL.

Mais, père, puisque l'homme le dit.

M. DARCY.

Il le répète comme tant d'autres, parce que son ignorance le dispose à accueillir toutes les légendes qui se sont formées contre le moyen-âge.

MARGUERITE.

Ainsi tu doutes, père, que ces fosses aient été de véritables oubliettes ?

M. DARCY.

Oui, j'en doute, parce que les auteurs qui ont étudié sérieusement les châteaux du moyen âge, où l'on a prétendu trouver des oubliettes, ont expliqué la destination de ces fosses. M. Mérimée, entre autres, et Viollet-le-Duc, ont montré que ces réduits, transformés par l'imagination des romanciers en affreux cachots, avaient servi le plus souvent de celliers ou de magasins au bois. Plus d'un os de gigot a été exploité comme les restes d'une victime de la tyrannie féodale. Quant aux fosses sans issues découvertes dans quelques châteaux, les recherches de

Viollet-le-Duc lui ont permis d'établir que la plupart étaient en réalité d'anciennes fosses d'aisance, ou, c'est le cas pour les oubliettes de la Bastille, d'anciennes glacières.

*_**

En causant, on avait descendu la montagne et regagné la gare.

Une surprise y attendait les jeunes voyageurs, qui n'avaient pas encore vu les costumes si pittoresques des paysannes de ces contrées. Deux jeunes filles, des environs de Conflans, habillées à la mode du pays, prenaient leur ticket.

Leur coiffure surtout attirait les regards. Formée d'une espèce de serre-tête en étoffe doublée de carton, elle se termine en pointe sur le front ; cette particularité l'a fait appeler *frontière*. La frontière est garnie de larges galons d'or qui ressortent sur une ruche de couleur assez foncée.

Il fallut, pour arracher Marguerite et Jeanne à cette curiosité, leur promettre

Paysannes des environs de Conflans.

qu'elles verraient plus loin d'autres costumes plus pittoresques encore. Les enfants n'eurent que le temps de grimper dans leur compartiment. Le train sifflait.

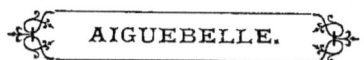

AIGUEBELLE.

NOs excursionnistes avaient dessein de s'arrêter, ce jour-là, à Aiguebelle, où commence la Maurienne. On devait y être pour dîner, et l'on aurait encore le temps de se promener après. Le trajet en chemin de fer, de St-Pierre d'Albigny à Aiguebelle, dura vingt minutes à peine. Le nez à la vitre, les enfants admiraient le paysage.

PAUL.

Voilà que nous quittons l'Isère. Quelle est la rivière que nous suivons maintenant, père ?

M. DARCY.

L'Arc, que le chemin de fer ne quitte plus jusqu'à Modane.

PAUL.

L'Arc ! quel nom ! Pourquoi l'appelle-t-on ainsi ?

M. DARCY.

Simplement à cause de la forme qu'affecte son cours ; la rivière trace véritablement un arc.

PAUL.

C'est une riviérette ?

M. DARCY.

C'est un cours d'eau peu important, il est vrai, mais, à la fonte des neiges, il grossit considérablement et devient un torrent tumultueux. Son allure varie d'ailleurs selon le lit qu'il traverse ; il est calme ici, nous le verrons plus loin bouillonner sur des rochers. Il offre plusieurs belles chutes que nous pourrons admirer.

MARGUERITE.

Oh ! la jolie vue dont on jouit d'ici ! Ces prairies qui s'étendent jusqu'à l'Isère, ces villages dans la verdure et ces hautes montagnes derrière : c'est ravissant ! Allons, Jeanne, crayonne-nous cela !

JEANNE.

Tu veux plaisanter. Je n'aurai pas tiré mes crayons que le paysage aura disparu.

MARGUERITE.

C'est dommage ! Quelles montagnes sont-ce donc, père ?

M. DARCY.

Les montagnes des Bauges. Un peu plus loin est Albertville, la ville aux jolis costumes que vous admiriez tout à l'heure.

PAUL.

Tiens, tu as dit qu'ils étaient de Conflans ?

M. DARCY.

L'ai-je dit ? C'est possible.

PAUL

Bien sûr.

M. DARCY.

Tu sauras qu'Albertville et Conflans ne sont qu'une seule et même ville.

PAUL.

Ah !... C'est drôle.

M. DARCY.

Conflans est une ville ancienne, autrefois place de guerre considérable, sur la rive droite de l'Arly. Démantelée sous François Ier, elle fut à peu près détruite en 1600, et ce qui lui restait de fortifications fut rasé.

Une nouvelle cité s'éleva peu à peu en face de l'ancienne, sur la rive gauche de l'Arly. Elle prit le nom d'Hôpital-sous-Conflans. En 1815, à la rentrée de la Maison de Savoie, les deux communes furent réunies en une seule, qui prit le nom du souverain. Cependant l'habitude de l'ancien nom n'a pu se perdre. Voilà comment tu connais maintenant une ville qui a deux noms.

MARGUERITE.

La vallée se resserre.

PAUL.

Tiens, il y a encore des vignes !

M. DARCY.

Certainement, et tu en trouveras plus loin encore.

MARGUERITE.

Les vins du moins en sont-ils bons ?

M. DARCY.

Ils ne sont pas à dédaigner. Tels de ces clos ont une petite renommée, comme ceux de Princens et de St-Julien.

PAUL.

St-Julien ! Oh ! je connais.

M. DARCY.

Le St-Julien que tu connais n'est pas celui-ci, je pense, car où le mets-tu ?

PAUL.

Dans la Gironde.

M. DARCY.

Parfaitement, et où sommes-nous ?

MARGUERITE.

En Savoie !

PAUL *(un peu confus)*.

C'est vrai... J'aurais dû réfléchir.

M. DARCY.

Préparons-nous à descendre ; nous arrivons.

Le train s'arrêtait ; nos voyageurs descendirent et se dirigèrent vers le village.

Aiguebelle, située sur l'Arc, à l'entrée de la vallée de la Maurienne, eut, il y a plusieurs siècles, une importance considérable. Favorisée par les Princes de la Maison de Savoie, qui y résidaient au château de Charbonière, la ville prit une rapide extension.

Aujourd'hui, c'est un bourg de douze cents habitants, qui tire sa seule importance des mines de fer et de cuivre qu'on trouve dans ses environs.

L'aspect du village, assis au milieu d'une vallée cultivée et entourée d'un cirque de montagnes dont quelques-unes très élevées,

est plein de pittoresque. Ce paisible petit
coin garde cependant le souvenir d'une
catastrophe terrible : en 1760, un éboulement
de la montagne des Combes ensevelit presque tout le village de Raudens, situé en face
d'Aiguebelle sur l'autre rive de l'Arc.

Derrière Aiguebelle, se trouve Saint-
Georges et ses importantes mines exploitées
par la célèbre Compagnie du Creusot. Les
enfants auraient bien voulu s'y rendre pour
les visiter, mais la montée est trop rude ; il
fallut y renoncer.

« Le mieux alors est de dîner, fit Paul,
car j'ai grand faim. » La proposition eut de
l'écho, et la caravane affamée s'arrêta devant
une auberge proprette, de bonne apparence,
où l'on devait trouver bon repas et bon gîte.

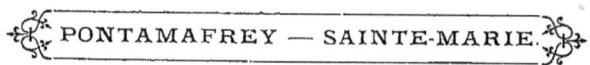

PONTAMAFREY — SAINTE-MARIE.

D'AIGUEBELLE, nos excursionnistes devaient se rendre directement à Saint-
Jean de Maurienne. Après avoir entendu

la Messe, le premier déjeuner rapidement
enlevé, lestes et dispos, les enfants se mettaient en route.

En passant devant Saint-Georges, ils
prirent plaisir à voir la manœuvre des
wagonnets qui descendent le minerai, dont
l'extraction se fait sur le sommet de la
montagne.

PAUL.

Et dire que c'est de ces vilains cailloux
que le Creusot tire le fer qu'il transforme
de tant de façons, en outils, en machines !...

M. DARCY.

Te rends-tu compte au moins de la trans-
formation que subit le minerai ?

PAUL.

C'est bien simple ! On jette le minerai
dans les hauts-fourneaux, et quand il sort
par en bas, c'est du fer.

MARGUERITE.

En voici des hauts-fourneaux !

Pontamafrey, et la Chapelle.

M. DARCY.

Nous passons à Épierre. Nous traversons en ce moment un coin de la Savoie industrielle.

Mais dis-moi, Paul, comprends-tu ce qui se passe dans le haut-fourneau ? Le minerai s'y transforme en fer, mais comment ?

PAUL.

Je ne sais pas.

M. DARCY.

Et toi, Jeanne ?

JEANNE.

Je crois le savoir. Les minerais qu'on jette dans le haut-fourneau sont des oxydes de fer. Le charbon qu'on y jette en même temps a besoin, pour brûler, d'oxygène, et enlève celui qui est combiné au fer. Le métal se trouve dès lors isolé et s'écoule à l'état de fonte.

M. DARCY.

Te voilà chimiste accomplie ! C'est parfait !

PAUL.

Tioup ! un tunnel ! Vois donc, Marguerite, ce joli paysage ! ces vertes collines qui
s'étagent avec des chalets jetés çà et là au
milieu des prairies... là-bas des ruines... au
fond l'Arc argenté...

Ces plaisanteries de leur frère amusaient
beaucoup les jeunes filles dont l'horizon se
bornait aux noires parois du tunnel.

Sitôt celui-ci franchi, les enfants retrou-
vèrent la vallée plus pittoresque que jamais.
Devant eux, se dressaient deux hautes cimes,
le grand Miceau et le pic du Frêne. Celui-ci
n'a pas moins de 2084 mètres. C'est la pointe
la plus élevée de cette partie du massif.

De ci, de là, de jolis villages apparais-
saient, animant l'abrupte vallée : Saint-
Remy, Saint-Étienne, Sainte-Marie avec les
ruines de son vieux château, la Chambre....

PAUL.

La chambre... à coucher ?

MARGUERITE.

Non, la Chambre des députés !

JEANNE.

La Chambre noire !

PAUL.

Quelle idée d'appeler un village la Chambre !

JEANNE.

Sait-on pourquoi, père ?

M. DARCY.

La tradition rapporte que, du temps des Romains, les habitants de la Maurienne se réunissaient ici, en Chambre, pour régler la répartition des impôts.

PAUL.

Oh ! oh ! la Chambre est d'origine ancienne !... Tioup ! un tunnel.

MARGUERITE.

Allons, Paul, fais-nous admirer le paysage.
Les plaisanteries recommencèrent.

Bientôt, on fut devant Pontamafrey. A cet endroit, le paysage est admirable.

L'Arc court en bouillonnant sur un fond de rochers. Le village, resserré entre le torrent et la montagne, s'étend le long de la rivière, et derrière s'étagent des rochers abrupts. Dans le fond, les ruines du château de Tigny.

Sur l'autre rive, en face du village, un énorme bloc détaché des flancs de la montagne barre en partie le lit du torrent.

Une jolie chapelle d'aspect très pittoresque est bâtie sur sa pointe et achève de donner au paysage son cachet d'originalité. Les enfants ne se lassaient pas de l'admirer. Le train, ralentissant à cet endroit, semblait du reste y mettre de la complaisance.

Un peu plus loin, la vallée s'ouvre pour se rétrécir encore. A certains endroits, les rochers des deux rives semblent vouloir se rejoindre, et ne laissent entre eux qu'une gorge étroite que l'élévation à pic de leur granit fait paraître plus étroite encore.

Au sortir de ce défilé, on débouche dans une vallée verdoyante, au fond de laquelle coule l'Arvand, et bientôt on est à St-Jean de Maurienne.

Nos excursionnistes devaient s'y arrêter jusqu'au lendemain, et Paul se promettait une bonne journée.

SAINT-JEAN de MAURIENNE.

SAINT-JEAN DE MAURIENNE, où nos amis s'étaient arrêtés, est une des plus anciennes villes de la Savoie. La vallée riante et fertile au milieu de laquelle elle est assise, contraste avec les gorges sauvages de Pontamafrey qui y conduisent.

La ville conserve de très remarquables monuments.

La première visite de nos excursionnistes fut pour la cathédrale.

Paul n'avait jamais vu d'église « où l'on descendît comme dans un trou ; » aussi la première question qu'il adressa au sacristain, fut pour savoir la raison de cette anomalie. « Je comprends, disait-il, qu'on monte pour aller à l'église, mais descendre !

— Cela vous paraîtra plus étrange encore, mon jeune Monsieur, quand vous saurez qu'autrefois, au lieu de descendre, on devait, pour pénétrer dans la cathédrale, gravir un escalier de plusieurs marches.

PAUL.

Alors, l'église s'est enfoncée dans la terre ?

LE SACRISTAIN.

Non pas, mais le sol s'est exhaussé autour de l'église.

PAUL.

On l'a fait exprès ?

LE SACRISTAIN.

Oh ! non. Ce fut à la suite d'une catastrophe où périt presque toute la ville. En 1439, une terrible inondation du Bon-Rieux couvrit la vallée et détruisit la plus grande partie de la ville. Les eaux, en se retirant, lais-

sèrent un dépôt de terres si considérable
qu'on ne put songer à l'enlever pour retrouver l'ancien niveau des rues. On dut con-
server le nouveau, qui obligea de modifier,
comme vous voyez, l'entrée de la cathédrale.

Après cette conversation, les enfants firent
le tour de l'église. La nef est fort belle, elle
date du XVe siècle. De la même époque
sont les magnifiques boiseries qui ornent le
chœur et qui sont l'œuvre de Mochet, célèbre artiste génevois. De chaque côté se
dressent vingt-deux stalles, offrant chacune
au dos un saint sculpté en relief. Le tout
est surmonté d'une galerie travaillée à jour,
véritable dentelle de bois. En haut des
stalles, à gauche, le siège épiscopal, également en bois sculpté.

A côté de ce siège, s'élève le reliquaire de
saint Jean, en pierre merveilleusement travaillée et qui date aussi du XVe siècle. A
droite et à gauche, sont les statues des quatre évangélistes et, au milieu, s'élève le reli-

quaire entièrement sculpté et surmonté de
la statue de saint Jean. Cette merveille
d'art mérite à elle seule qu'on s'arrête à
Saint-Jean de Maurienne.

Ce reliquaire contient un doigt de saint
Jean-Baptiste, et c'est à la possession de
cette relique insigne que la ville doit son
nom.

Après avoir vénéré la sainte relique, les
enfants sortirent et visitèrent rapidement les
autres monuments de la ville : le cloître de
la cathédrale, intéressant morceau d'architecture ogivale, construit en 1452 et dont le
gypse a fourni les matériaux, l'église Notre-
Dame, le palais épiscopal.

Les costumes des femmes du pays inté-
ressèrent beaucoup nos jeunes voyageurs.
Ces costumes sont en effet très pittoresques.
Ils se composent d'une jupe de drap bleu,
corsage sans manche, bordé de galons d'or,
second corsage à manches, garni de perles
et de broderies, ceinture de soie violette
brochée, à fleurs de différentes couleurs,

fichu de soie brochée, de couleur claire, jeté sur les épaules, bonnet de table à longues brides. Toutes les femmes portent sur la poitrine une croix d'argent et un gros cœur de même métal.

Avant de dîner, les enfants visitèrent encore les carrières de gypse qui sont près de la ville.

Le gypse se trouve à Saint-Jean de Maurienne en gisements d'une belle pierre blanche semi-cristallisée. Il y fait l'objet d'un commerce considérable.

PAUL.

Le gypse, le gypse, je connais ça, moi !... Parbleu, c'est de l'albâtre ! Le bénitier que l'oncle Jean t'a rapporté d'Italie, Jeanne, est en albâtre.

M. DARCY.

Connais-tu d'autres usages du gypse ?

PAUL.

Oh ! ça...

Costumes des environs de St-Jean de Maurienne.
Saint-Jean de Maurienne.

M. DARCY.

Et toi, Jeanne ?

JEANNE.

N'est-ce pas le gypse qui fournit le plâtre ?

M. DARCY.

Justement, une simple cuisson transforme le gypse en plâtre, et, sous ce nouvel état, il rend des services au moins aussi précieux que sous le premier. Le plâtre nous est indispensable dans la construction des maisons, il sert à l'amendement des terres, et plusieurs industries l'emploient d'une manière utile.

MARGUERITE.

De quoi se compose exactement le gypse ?

M. DARCY.

C'est un sulfate de chaux. On le trouve le plus souvent pur, mais quelquefois mélangé de carbonate de chaux. C'est le cas pour le gypse grossier de Montmartre. Celui-ci est pur.

En causant ainsi, on était revenu vers l'hôtel. La cloche du dîner interrompit la conversation, et tout le monde, mis en appétit par la promenade, se précipita dans la salle à manger.

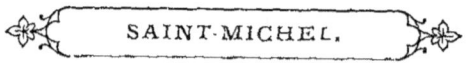

SAINT-MICHEL.

EN quittant Saint-Jean de Maurienne, le projet des voyageurs était de s'arrêter entre deux trains à Saint-Michel, de faire un second arrêt à la Praz et d'arriver le soir à Modane.

Au-dessus de Saint-Jean de Maurienne, la vallée prend un aspect de plus en plus sauvage. A certains endroits le spectacle est véritablement grandiose. Les roches s'étagent sur la rive droite en masses énormes, crevassées, déchiquetées, tourmentées, et par-dessus se dressent les pics nus et gigantesques des Encombres. La cime de la Croix des Têtes, qui est la plus élevée, n'a pas moins de 2337 mètres d'altitude.

La construction de la voie ferrée dans ces parages a été une entreprise difficile. Elle est livrée à l'exploitation depuis 1862, mais plus d'une fois le service a dû être interrompu, par suite d'accidents dus soit aux inondations de l'Arc, qui enlevaient les ouvrages d'art, soit aux éboulements qui venaient obstruer la voie. Des travaux importants ont dû être exécutés par la Compagnie de Paris-Lyon-Méditerranée pour éviter le retour de ces accidents qui, jusqu'en 1872, rendaient la voie très peu sûre. On y est arrivé, mais à l'aide de dépenses considérables.

Un peu avant d'arriver à Saint-Michel, le train s'engage dans un défilé très étroit, appelé le Pas du Roc. A droite et à gauche de la voie, les rochers se dressent à pic, laissant, entre leurs parois, juste l'espace nécessaire au torrent, à la route et au chemin de fer.

Au sortir du défilé, on entre dans la plaine Saint-Michel.

**

C'était jour de marché, et les enfants ne
regrettèrent pas de s'être arrêtés.

Défilé du Pas du Roc,
avec la Croix des Têtes.

Assis sur le penchant de la montagne, au

milieu d'un bouquet de verdure, Saint-Michel a un petit air de fraîcheur qui contraste avec l'aspect désolé des gorges qu'on traverse pour y arriver.

La place du vieux village, sur la hauteur, était remplie de paysans venus des cantons voisins pour y vendre leurs produits. Au milieu de la foule, les paysannes de Valloires, dont la vallée aboutit à Saint-Michel, se distinguaient par leur costume pittoresque, en même temps sobre et élégant : robe de drap noir, mouchoir de soie rouge sur les épaules, tablier de soie noire à la taille et croix d'or sur la poitrine. Un bonnet de linge, garni d'ailes immenses en dentelle, achève de donner à ce costume un cachet tout particulier. Moins voyant que beaucoup d'autres, il est l'un des plus curieux de la Maurienne.

L'arrêt n'avait pas été long ; les voyageurs, qui se promettaient une jolie excursion à la

Marché de St-Michel; costumes
des paysannes de Valloires.

Praz, avaient hâte de regagner le train.

En partant de Saint-Michel, on traverse de nombreuses exploitations d'anthracite, et c'est le long de la montagne un perpétuel mouvement de va-et-vient des bennes qui descendent chargées du noir produit et remontent à vide.

PAUL.

De l'anthracite, tu dis, père ?

M. DARCY.

Oui, de l'anthracite.

PAUL.

Mais c'est du charbon !

M. DARCY.

Sans doute, mais un charbon spécial. Il est presque pur et brûle lentement, avec difficulté...

PAUL.

Mauvais charbon, alors !

M. DARCY

Ne parle pas trop vite...

MARGUERITE.

Papa, vas-tu démontrer que ce charbon, qui ne brûle pas vite, est le meilleur de tous les charbons ?

PAUL.

Oh ! oh !

M. DARCY.

Tu dis plus vrai que tu ne penses, Marguerite, et tu as tort de railler. Ce charbon, qu'on a longtemps dédaigné par suite de la difficulté qu'on éprouve à l'allumer, est aujourd'hui un auxiliaire précieux de l'industrie, et trouve son emploi dans des cas où le charbon ordinaire est insuffisant. Un savant, M. Brard, ayant démontré que l'anthracite, mêlé d'abord avec du bois pour qu'il s'enflamme plus facilement, n'a besoin que d'une très grande quantité d'air pour développer, en brûlant, un degré de chaleur beaucoup plus considérable que celui qu'on obtient avec les autres combustibles, l'industrie trouva bientôt à utiliser cette précieuse

qualité. On se sert maintenant de l'anthracite avec avantage dans certaines fonderies,
où on l'applique au traitement des minerais
les plus réfractaires...

PAUL.

La Praz ! Nous descendons !...

*
* *

La Praz est un petit bourg sans importance, et rien n'y eût attiré les enfants s'ils
n'eussent décidé le matin qu'on ferait à pied,
pour finir la journée, les cinq kilomètres
qui séparent La Praz de Modane. Un solide
déjeuner devait leur donner des jambes.

Avant le déjeuner, ils eurent encore le
temps d'aller jusqu'à la cascade de la Bissorte, jolie chute d'eau que forme le ruisseau
de la Bissorte, en sortant d'un ravin encaissé
sur les pentes du Mont Thabor. Pendant
que Paul et Marguerite grimpaient aux
flancs du rocher, Jeanne eut le temps d'es-

La Cascade de la Bissorte à La Praz.

quisser un dessin de la cascade, assez jolie vraiment pour tenter l'artiste.

Après déjeuner, nos intrépides voyageurs se mirent en route pour Modane.

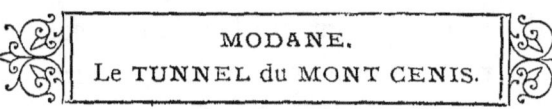

MODANE.
Le TUNNEL du MONT CENIS.

Modane, où nos voyageurs arrivèrent le soir, est un bourg de deux mille habitants, où l'on voit quelques fabriques de laine et de drap. Son importance ne serait pas grande, n'était sa situation à l'entrée du grand tunnel du Mont Cenis.

La route du Mont Cenis a été de tout temps une des voies de communication entre la France et l'Italie. C'était la grande voie militaire : Pépin-le-Bref allant au secours du pape Étienne III contre Astolphe, roi des Lombards, Charlemagne et ses armées, Charles-le-Chauve, François Ier, Louis XIV, y passèrent, et plus tard Napoléon Ier. Jusqu'à ce siècle d'ailleurs, la route était à peine

tracée. C'est Napoléon Ier qui fit ouvrir en
1805 la route carrossable qui, jusqu'en 1868,
servait encore exclusivement au transport
des voyageurs et des marchandises. Elle
coûta 7.500.000 francs. Les voitures des
messageries impériales, qui faisaient le service de la route, mettaient de 16 à 18 heures
pour franchir la distance de Chambéry à
Suse. Aujourd'hui, grâce au chemin de fer,
les voyageurs font le même trajet en cinq
ou six heures.

A la diligence succéda, en 1868, un petit
chemin de fer qui, grâce à un mécanisme
spécial, suivait les pentes et les courbes de
la route, s'accrochant parfois aux parois de
la montagne, et roulant au bord d'abîmes
effrayants avec une remarquable audace.

Ce chemin de fer était du système dit à
crémaillère. Outre les deux rails ordinaires
sur lesquels posent les roues des voitures,
il avait un rail central surélevé et en crémaillère que pinçaient deux roues dentées
horizontales, placées à la locomotive et aux

voitures. Ce système assurait une grande sécurité au train ; pendant les quatre ans que ce chemin de fer fut utilisé, il ne se produisit pas un seul accident.

C'est en 1870, le 26 octobre, que fut donné le dernier coup de pioche dans le tunnel en construction, auquel on travaillait depuis douze ans sans interruption.

L'idée première du percement des Alpes revient à un simple géomètre des montagnes, Joseph Médail, de Bardonèche, qui, dès 1832, traçait le plan de l'entreprise. Son projet fut alors traité de chimérique, mais en 1845 un ingénieur belge, M. Maus, fut chargé par le gouvernement de faire les études préparatoires.

En 1857, on se mettait à l'œuvre.

L'entreprise regardait alors exclusivement le Piémont, car le Mont Cenis était entièrement enclavé dans ses États. En 1860, la Savoie ayant été annexée à la France, la montagne à percer se trouva former la séparation entre les deux pays. Dès lors, la France dut s'intéresser à l'entreprise, et cette circonstance facilita singulièrement son achèvement.

Le tunnel avait été percé en ligne droite, mais on dut modifier les entrées. La voie souterraine a 13.671 mètres de longueur. Le tunnel du Saint-Gothard, construit depuis, en compte 14.912.

C'est à Modane, nous l'avons dit, que le chemin de fer entre dans la montagne ; c'est à Bardonèche, du côté de l'Italie, qu'il en sort.

La voie entre les deux points extrêmes n'est pas horizontale, comme on pourrait le croire. L'altitude au portail français est de 1.159 mètres; elle est de 1.294 mètres au point culminant et de 1.291 mètres à la sorte de Bardonèche. De 500 en 500 mètres, le souterrain est éclairé au gaz.

La dépense totale a été de soixante-quinze millions de francs ; deux mille ouvriers ont été occupés constamment aux travaux.

C'est le 15 septembre 1871 qu'eut lieu

l'inauguration solennelle du tunnel, dont l'exécution compte parmi les plus grands travaux de ce siècle.

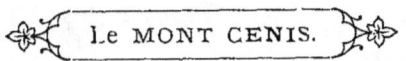

Le MONT CENIS.

POur couronner dignement l'excursion, les voyageurs avaient décidé de traverser le Mont Cenis en voiture, en suivant la route de Thermignon, Lanslebourg et Suse.

Après le déjeuner donc, ils s'installèrent dans un char à bancs, assez mal commode à la vérité, mais qui, ouvert de tous les côtés, permettait aux voyageurs de jouir à l'aise du paysage. Et fouette, cocher !

— Au moins, s'écria triomphalement Paul, nous ne traverserons pas le mont Cenis comme des taupes ; nous le franchirons comme Annibal et Napoléon !

Après Modane, le paysage acquiert un caractère de grandeur qu'il ne saurait avoir

en Maurienne, où l'horizon est resserré

L'Arc sous les forts de l'Esseillon.

comme entre des murailles. La route monte
insensiblement sur le flanc de la montagne,

côtoyant des abîmes et offrant à l'œil en-
chanté mille tableaux toujours plus pittoresques et plus grandioses.

A droite, se dressent le glacier de la Tête
Noire et la cime du Grand Vallon ; à gauche,
les glaciers du Bouchet, de Chavières et de
Peclet. Dans le bas, au contraire, de gras
pâturages et les terres cultivées du village
de Villarodin. Le village lui-même, collé au
flanc de la montagne presqu'à pic, échappe
aux regards.

Bientôt le fort de l'Esseillon se montre.
Jeté sur un rocher qui surplombe presque
verticalement la vallée de l'Arc, qu'on en-
tend bouillonner au fond de l'abîme, le fort
domine la vallée ainsi que les routes du
Mont Cenis. Sur la rive droite, trois forts
encore se dressent sur des rochers pour
garder les autres défilés. A cet endroit, le
site est d'une beauté sauvage vraiment sai-
sissante. Derrière le fort, des glaciers im-
muables dressent leurs cimes blanches ; au-
dessous, un torrent se précipite du haut des

rochers et gronde avec furie dans le fond de l'abîme où il va se briser.

On se sentait ému au milieu de ces horreurs de la nature, auxquelles l'homme a voulu, sem-

Sollières.

ble-t-il, ajouter en y évoquant l'image de la guerre et de la mort.

L'Esseillon dépassé, la route traverse une plaine d'aspect riant, qui contraste avec la nature tourmentée des paysages que nous venons de traverser. L'équipage laisse le village de Brasnam, dont l'église très jolie s'élève à deux pas de la route, puis traverse le Vernay et bientôt Sollières. La vue, en cet endroit, est magnifique. L'horizon élargi n'est borné que par de lointaines montagnes, dont les cimes s'étagent en gradins. Une partie de la vallée, qu'on pouvait apercevoir à cause de l'escarpement de la route, se découvre aux regards, et tout au fond le petit village de Sordières dans un site extrêmement pittoresque.

Bientôt les voyageurs atteignent Thermignon, gros bourg de 1.500 habitants, dont la moitié vient sur la porte les regarder passer. De chaque maison un affectueux bonjour leur est adressé, et les enfants prennent plaisir à saluer aussi ces braves gens. Depuis le percement du tunnel, Thermignon n'a plus guère l'occasion de voir des étrangers. En dehors de quelques touristes intrépides, tous les voyageurs ont

Les forts de l'Esseillon et la Dent Parrachée.

abandonné l'ancienne route, et cet abandon
a fait un coup terrible aux petites industries
du village qui s'alimentaient du roulage.

Un peu après, la voiture descend une
rampe au bout de laquelle est Lanslebourg,
où, suivant le programme, la caravane doit
loger. Des deux côtés de la route, la montagne, à chaque pas plus haute, se dresse
presqu'à pic, creusée, découpée, fouillée
d'une manière fantastique; mais, si sauvage
que semble le site, il est loin d'égaler en
sauvage grandeur celui que les voyageurs
traversaient tout à l'heure.

PAUL.

Lanslebourg!

MARGUERITE.

Le pauvre village se ressent, comme
Thermignon, de l'abandon des voyageurs
et des routiers.

M. DARCY.

C'est Lanslebourg qui fournissait autrefois les mulets dont les voyageurs avaient

besoin pour achever la montée de la route.
Ce commerce avait donné au village une
prospérité aujourd'hui bien éloignée.

PAUL.

Pourvu qu'on trouve à nous loger !

Les voyageurs trouvèrent le gîte désiré,
si pas très confortable, du moins rendu
agréable par l'accueil chaleureux qu'on leur
y fit. Ils dînèrent de ce qu'on trouva dans
l'auberge, et, grâce à un appétit formidable,
tout leur sembla délicieux. Le soir venu,
sans attendre qu'il se fit tard, chacun gagna
sa couchette, car il s'agissait le lendemain
d'être sur pied de bon matin.

De bon matin tous étaient sur pied, Paul
le premier, car la pensée d'être bientôt au
sommet du col l'empêchait de tenir en place.
Le premier déjeuner fut lestement expédié.

La route, au départ de Lanslebourg,
monte lentement sur une côte gazonnée du
plus riant aspect. A mesure qu'on s'élève,
l'horizon s'élargit, et bientôt l'on jouit d'une

vue splendide : la Dent Parrachée et les glaciers de l'Arpon apparaissent au premier
plan ; derrière s'étayent les contreforts de
la Turra, et plus loin encore les cimes du
Grand Vallon et du Grand Roc Noir.

Les prairies que traverse la route ne
ressemblent point à celles que nous connais-
sons ; on dirait un tapis de fleurs. La flore
de cette partie des Alpes est des plus riches.

JEANNE.

Des campanules, des chrysanthèmes !

MARGUERITE.

Et là, des véroniques, des rhododendrons!
Tout cela pousse à l'aventure au milieu des
herbes folles : c'est merveilleux !

JEANNE.

Cueillons un bouquet !

Les voilà tous sautés à bas du char à
bancs, à fourrager dans la prairie, et c'est
chargés d'énormes gerbes qu'ils regagnent
la voiture. C'est alors un nouveau plaisir

de chercher à classer les fleurs à l'aide de leurs connaissances en botanique.

— Un chamois !

A ce cri de Paul, les jeunes filles jettent les fleurs. Un chamois est là en effet, sur

Lac du Mont Cenis.

une pointe de roc bien haut perchée, à les regarder, immobile.

— C'est le seul animal qu'on rencontre dans ces parages, dit le conducteur, outre les aigles et les perdrix blanches.

Les enfants auraient bien désiré voir un

aigle, malheureusement le voyage s'acheva sans qu'un seul daignât se montrer.

PAUL.

Il n'était pas grand, ce chamois !

MARGUERITE.

Comme tous les chamois ; tu ne t'imaginais sans doute pas le voir aussi haut qu'un cerf ?

PAUL.

Un cerf, non, mais....

MARGUERITE.

Le chamois est de la taille d'une chèvre à peu près. As-tu vu ses deux cornes d'abord droites , puis recourbées subitement en arrière à leur pointe ?

PAUL.

Oui, et fameusement pointues !

MARGUERITE.

Son poil était brun-fauve, parce que nous sommes en été ; il se fonce en hiver.

JEANNE.

Et quelle belle tête jaune-pâle, avec une bande brune sur le museau et autour des yeux !

Enfin la voiture atteint le plateau, et c'est dans toutes les bouches un cri d'émerveillement. Au milieu d'un cirque de hauts rochers dont la base est envahie par de magnifiques pâturages, s'étend un lac dont les profondes eaux bleuâtres reflètent les rochers déchiquetés qui, à certains endroits, s'avancent jusqu'à ses bords. Çà et là des chalets et, au milieu, les énormes bâtiments d'un couvent hospitalier, dont la fondation remonte à Charlemagne. C'est le plus joli des endroits que nous ayons rencontrés dans notre voyage.

Le couvent en lui-même n'a rien de remarquable ; c'est un bâtiment fort simple et sans aucune prétention architecturale. L'accueil qu'on fait aux voyageurs est des plus bienveillants. Sans même leur deman-

der qui ils sont, un Père les conduit au ré-
fectoire, où on leur sert un déjeuner frugal
mais substantiel, et que l'appétit leur fait
trouver délicieux. Qui donc a dit que c'est
le premier des assaisonnements ?

JEAN.

Le bon fromage ! Je n'en ai jamais vu de
pareil.

M. DARCY.

C'est du fromage bleu des Alpes, mon
petit ami. On l'appelle persillé. Il se fabrique
principalement à Bessans et fait l'objet
d'un commerce assez considérable.

Après le déjeuner, visite du couvent. Il
ne contient rien de remarquable, n'était une
chambre qu'une inscription indique comme
ayant été habitée par Pie VII.

Pie VII ! Léon XIII ! Le souvenir du
Pape exilé les reporta par la pensée auprès
du Pape prisonnier, et ils prièrent pour la
délivrance de Léon XIII dans ces lieux qui
gardent le souvenir d'un de ses prédécesseurs
qui, comme lui, fut dépossédé de Rome,

comme lui prisonnier d'un monarque, plus puissant que ne le furent jamais Victor-Emmanuel et son fils Humbert.

Ayant prié pour le Pape comme ils le faisaient chaque jour, ils pensaient tous, et ce fut Jeanne qui traduisit la pensée commune :

JEANNE.

Léon XIII verra - t - il bientôt sonner l'heure de la liberté, et, comme à Pie VII, Rome lui sera-t-elle rendue, dis, papa ?

PAUL.

Ah ! si l'on a jamais encore besoin de zouaves..!

M. DARCY.

Bien, Paul ! j'aime à te voir ces sentiments ; sois toujours un chrétien vaillant, prêt à verser ton sang, s'il le faut, pour servir l'Église et la Patrie.

*
* *

En quittant le couvent une descente rapide mena les excursionnistes à Suse. Le paysage qu'on traverse est très pittoresque,

Lac de la Ferrière
avec la Roche Melon

il abonde en points de vue remarquables :
le lac de la Ferrière et la Roche Melon,

dont les cimes neigeuses se perdent dans
un nuage ; plus loin la cascade de la Cenise,
qui se précipite en bondissant dans une

Costume de Novalaise.

gorge profonde. Suse apparaît dans le fond
de la vallée. Puis ils traversèrent Novalaise,
dont les femmes ont conservé un costume

national assez original, et peu après tou-
chèrent à Suse, terme de leur voyage. Suse
est une assez jolie petite ville.

JEAN.

Un arc de triomphe! et en marbre vert !

MARGUERITE.

Il paraît bien ancien !

M. DARCY.

Il fut élevé à Octave-Auguste, 7 ans
avant JÉSUS-CHRIST ; tu as bien raison de
dire qu'il est ancien !

PAUL.

Encore deux arcs !... Non, ce sont des
ruines.

M. DARCY.

Aussi des restes d'un monument de l'em-
pire romain... Voici l'église de Saint-Just,
très ancienne, et assez remarquable, dit-on.

Enfin les voyageurs atteignent la gare ;
ils y arrivent juste à temps pour sauter dans

le train qui doit les ramener tout d'une traite à Chambéry. Le voyage est terminé.

Le soir est venu. Installés dans leur compartiment, ils dormaient, et c'est en ronflant qu'ils traversent le Mont Cenis, comme des taupes, sans que Paul songe cette fois à protester.

II.

UNE EXCURSION A ROUEN.

Une Excursion a ROUEN.

La VILLE. Son IMPORTANCE.
JEANNE D'ARC.

Ous roulions depuis plus de deux heures quand Marguerite s'é-cria :

— Nous approchons, voici le Pont. Nous traversons la Seine. Oh ! le beau panorama !

Paul et Jeanne se précipitent vers la portière. Mais le train est déjà passé et s'engage dans le tunnel.

A la sortie, nous sommes déjà dans la ville.

— Rouen !.. Rouen ! criaient les employés en courant sur les banquettes.

— Rouen !... Rouen !

La locomotive résiste à l'élan du train en poussant des mugissements parfaitement désagréables ; les portières s'ouvrent avec

fracas ; les commissionnaires s'empressent ;
les voyageurs envahissent le quai : c'est le
vrai brouhaha des grandes gares.

Nous respirons quand nous sommes
dehors.

— Nous sommes donc à Rouen ! s'écria
Marguerite.

PAUL.

C'est presqu'aussi grand que Paris, dis,
papa ?

M. DARCY.

Il s'en faut de beaucoup, mon petit ami.
Jeanne va t'expliquer cela.

JEANNE.

Oh ! oui. Rouen n'est que la septième
ville de France en importance, et n'a que
105.000 habitants. Paris en a à peu près
deux millions !

M. DARCY.

Quels souvenirs vous rappelle Rouen ?

PAUL.

Les pâtés de Rouen !...

M. DARCY.

Je t'attendais là, mon petit gourmand. Mais, voyons, tu sais déjà un peu d'histoire de France : n'as-tu pas d'autres souvenirs que celui des petits pâtés que tu manges chez tante Marie ?

PAUL.

Jeanne d'Arc !

M. DARCY.

Eh bien ?

PAUL.

C'est à Rouen que Jeanne d'Arc a été brûlée par les Anglais.

MARGUERITE.

Oh ! je l'aime tant, Jeanne d'Arc ! Je la prie quelquefois pour le salut de la France.

M. DARCY.

Tu as raison, mon enfant, Jeanne d'Arc

est un des anges gardiens de la France.
C'est une sainte que Dieu a suscitée pour
délivrer notre pays opprimé par les Anglais..
Heureusement la France alors ne se détour-
nait pas de Dieu, tandis qu'aujourd'hui !...
Mais nous voici dans la rue de Jeanne
d'Arc ; là, à droite, est aussi le boulevard de
Jeanne d'Arc : vous voyez que les Rouen-
nais gardent son souvenir en honneur.

PAUL.

Une tour !

M. DARCY.

C'est la Tour de Jeanne d'Arc. C'est là
qu'elle fut enfermée prisonnière pendant
son procès.

Tout a été félonie et trahison dans la
conduite des Anglais vis-à-vis de Jeanne.

D'après les lois militaires et chevaleres-
ques, un prisonnier de guerre appartenait
exclusivement à l'auteur de sa capture.
C'était une félonie, pour un chevalier, de
livrer, de vendre à un autre les captifs remis
à sa merci.

La Tour de Jeanne d'Arc.

Le comte de Ligny, à qui Jeanne s'était
rendue prisonnière à Compiègne, ne recula
pas devant cette honte et livra Jeanne au
duc de Bedfort moyennant la somme de
dix mille livres d'or.

C'est alors que la prisonnière fut conduite
à Rouen.

Dès son arrivée on l'enferma, non dans
les prisons ecclésiastiques ni dans les prisons
communes, mais dans une cage de fer, les
mains liées, la chaîne au cou, comme une
bête féroce et dangereuse ! Un peu plus
tard on substitua à la cage de fer un système de torture tellement compliqué qu'on
ne peut, sans frémissement, lire la description qu'en ont faite les témoins. Pendant le
jour, au fond d'un cachot à peine éclairé
par d'étroites meurtrières, Jeanne avait les
pieds entravés par des ceps de fer qui tenaient eux-mêmes, par une forte chaîne et
au moyen d'une serrure, à une énorme poutre
de bois. La nuit, elle était ferrée, par les
jambes, de deux paires d'anneaux avec

d'énormes chaînes, et attachée très étroite-
ment à une autre chaîne traversant les pieds
de son lit et fermant à clef, de sorte qu'elle
ne pouvait bouger de place. Une courte
chaîne supplémentaire la retenait par le
milieu du corps.

Jeanne eut à souffrir beaucoup plus encore
des ignobles moqueries, des grossières insul-
tes, de l'espionnage de chaque minute et des
brutalités de ses gardiens. Un jour, la cap-
tive vit entrer dans sa prison, avec Strafford
et Warvick, Jean de Luxembourg, comte
de Ligny, qui l'avait livrée : « Jeanne, lui
dit-il, comme pris de remords en la voyant,
si vous voulez me promettre de ne plus
combattre les Anglais, je puis vous racheter
d'eux. »

Le sarcasme est le plus grand outrage que
l'on puisse faire au malheur. Aussi la noble
fille foudroya le traître d'un regard indigné :
« *Vous, me racheter !* s'écria-t-elle ; *en nom
Dieu, vous vous moquez de moi; car vous
n'en avez ni le vouloir ni le pouvoir. Je sais*

que ces Anglais me feront mourir, croyant, après ma mort, gagner le royaume de France, mais quand ils seraient cent mille Godons (1) plus qu'ils ne sont à présent, ils n'auront pas ce royaume. »

En écoutant cette prédiction, le comte de Strafford indigné s'élança sur la victime désarmée et l'aurait percée de sa dague, s'il n'avait été retenu par Warvick, qui lui réservait un plus éclatant supplice.

La sainte héroïne, la martyre de la France, devait être brûlée vive.

Nous verrons tout à l'heure la place sur laquelle fut dressé son bûcher. On y a élevé une fontaine surmontée d'une statue.

MARGUERITE.

Papa, quel est le splendide monument, là, devant nous ?

JEANNE.

C'est le Palais de Justice ! Je le reconnais d'après la photographie de tante Marie.

---

1. *Godon :* Sobriquet populaire donné aux Anglais.

Elle dit que c'est un des plus beaux monuments de France.

M. DARCY.

En effet, c'est une merveille d'architecture bien digne de figurer à côté de la cathédrale et de l'église Saint-Ouen, que nous visiterons tout à l'heure. Faisons un détour pour traverser le Vieux Marché et la place de la Pucelle. Vous y verrez la fontaine de Jeanne d'Arc.

PAUL.

Tiens! des maisons en bois !

M. DARCY.

Presque toute la ville était ainsi bâtie en bois.

JEANNE.

C'est bien plus joli que ces grandes maisons carrées d'aujourd'hui qui se ressemblent toutes.

M. DARCY.

Plus joli, en effet, mais moins confortable. Si les artistes regrettent la disparition de ces maisons, qui a enlevé aux rues de Rouen tout leur cachet pittoresque, les habitants y ont gagné au point de vue de l'hygiène.

JEANNE.

Mais ne pourrait-on pas mettre un peu d'art dans les constructions nouvelles ? On dirait que la cervelle de tous les architectes a passé dans un moule unique.

MARGUERITE.

Et carré !

JEANNE.

Vous ne regardez pas, vous autres, avec toutes vos discussions ! Voyez donc là, quelle grande horloge sur cette tour !

M. DARCY.

C'est la *Grosse Horloge*, et la *Tour de la Grosse Horloge*.

JEANNE.

Ah ! voici la cathédrale !

MARGUERITE.

Comme c'est beau !

Place de la Pucelle.

PAUL.

Tiens ! presque toutes les statues sont décapitées.

M. DARCY.

C'est un témoignage des fureurs des Calvinistes, qui, en 1562, pillèrent la cathédrale. En haine de la religion, ils ont semé la France de ruines, véritables Vandales, ne respectant ni les souvenirs historiques, ni les monuments de l'art.

PAUL.

Vois donc, Jeanne, la hauteur de cette tour.

JEANNE.

C'est la plus haute de France, dis, père ?

MARGUERITE.

Entrons, nous dirons une prière et nous visiterons l'intérieur.

PAUL.

La porte est fermée !

MARGUERITE.

Eh bien, nous reviendrons !

PAUL.

Si nous allions déjeûner, alors !

JEANNE.

Voilà encore monsieur le gourmand ! Il ne songe qu'à manger !

PAUL.

Par exemple ! Avec ça que vous vous en privez, mademoiselle !

MARGUERITE.

Allons, la paix ! Déjeûnons-nous, papa? Je suis comme Paul : j'ai faim.

M. DARCY.

Eh bien, déjeûnons ! Nous reprendrons après notre promenade.

SAINT-OUEN. Les MOINES.
 CORNEILLE. Les ÉCRIVAINS.

M. DARCY.

ALLONS, en route, mes enfants.

MARGUERITE.

Paul n'a pas fini, papa !

JEANNE.

Oh ! il mangerait jusqu'à demain.

M. DARCY.

Voyons, Jeanne, ne taquine pas toujours ton frère. Finis ton raisin, mon petit bon-homme, et ne t'étrangle pas ; nous t'atten-drons un instant.

JEANNE.

Où irons-nous ? Directement à la cathé-drale ?

MARGUERITE.

Je vois sur le plan de la ville que nous

sommes tout près de l'église Saint-Ouen. Si
nous allions la voir, papa ? On la dit si belle !

M. DARCY.

Nous pouvons y aller, nous verrons la
cathédrale plus tard.

PAUL.

Là ! j'ai fini !

MARGUERITE.

En route alors.

M. DARCY.

L'église que nous allons visiter vous
montrera, mes petits amis, l'essor que les
beaux-arts ont pris au moyen âge, sous la
protection éclairée des moines. Car ce sont
des moines qui ont bâti ce merveilleux
édifice, plus beau que la cathédrale elle-
même au point de vue architectural.

PAUL.

Est-ce qu'ils sont encore là les moines ?

M. DARCY.

Hélas ! non. La Révolution française les
a chassés en haine de la religion.

MARGUERITE.

Comme les Jésuites il y a trois ans, n'est-
ce pas, père ?

M. DARCY.

Oui, les mauvais jours sont revenus pour
la France. La religion est de nouveau per-
sécutée. On veut chasser DIEU du cœur des
populations, et l'on a commencé par arracher le crucifix de l'école. Priez tous les
jours, mes enfants, pour que notre patrie ne
porte pas le châtiment de ces crimes.

PAUL.

Oh ! la belle tour !

MARGUERITE.

C'est Saint-Ouen ! Comme c'est beau !

PAUL.

Tiens ! il y a une couronne tout en haut.

L'église Saint-Ouen.

M. DARCY.

C'est la « couronne de Normandie. »

JEANNE.

La tour est moins haute que la flèche de la cathédrale, mais elle est bien plus jolie.

PAUL.

La porte est ouverte, entrons.

M. DARCY.

Sais-tu comment on appelle cette porte ?

PAUL.

Un portail, tiens.

M. DARCY.

Le portail des Marmousets.

JEANNE.

C'est pour toi, ça, Paul !

PAUL.

Moqueuse !

MARGUERITE.

Pourquoi ce nom, papa ?

M. DARCY.

Je ne sais, mais le nom ne vous rappelle-
t-il aucun fait de l'histoire de France ?

JEANNE.

La conspiration des Marmousets !

M. DARCY.

Parfaitement.

JEANNE.

Une conspiration de jeunes seigneurs sous
Louis XIII.

M. DARCY.

Justement. Le cardinal de Richelieu, qui
était alors ministre, la tua sous le ridicule
avec ce mot.

MARGUERITE.

Taisons-nous, nous voici dans l'église. Va
prendre de l'eau bénite, Paul ; nous dirons
notre prière.

. . . .

M. DARCY.

Faisons le tour de l'église.

La Maurienne.

JEANNE.

Comme il y a peu de tableaux !

PAUL.

Je crois bien, il n'y a pas de murs pour les accrocher, il n'y a que des fenêtres !

M. DARCY.

Ne parlez pas tant : vous vous communiquerez vos impressions tout à l'heure.

JEANNE.

Sortons-nous par la même porte ?

M. DARCY.

Non, sortons par le grand portail...
Venez donc ici et regardez dans ce bénitier.

JEANNE.

Tiens, toute l'église s'y reflète. On dirait un tableau.

MARGUERITE.

Quelle belle église, père ! Elle est bien ancienne ?

M. DARCY.

Elle a été commencée en 1318. Le portail sous lequel nous sommes n'a été achevé qu'en 1846. Il ne répond pas, non plus que les tours, au reste de l'édifice.

JEANNE.

Elles sont bien moins élégantes !

MARGUERITE.

Il n'y a donc plus d'architectes comme dans l'ancien temps ?

M. DARCY.

Hélas! non. Bien que nos architectes aient d'énormes prétentions, ils restent bien en arrière, surtout dans la construction des églises, parce que l'inspiration chrétienne leur fait défaut. Autrefois l'architecte qui traçait le plan d'une église y mettait toute son âme et subordonnait toutes ses inspirations au sentiment chrétien. Aujourd'hui l'architecte bâtit une église comme il bâtirait un théâtre ou un café ; de là l'infériorité des monuments modernes à côté de nos vieilles basiliques.

PAUL

Par où allons-nous, maintenant ?

M. DARCY.

Suivons la rue de la République, nous arriverons aux quais.

MARGUERITE.

Et nous verrons la statue de Corneille : elle est sur un pont, tante Marie me l'a dit.

M. DARCY.

En effet, nous la verrons sur le Pont de pierre. Mous aurons de là une magnifique vue de la ville et du fleuve.

PAUL.

C'est à Rouen qu'il est né, Corneille, dis, papa ?

M. DARCY.

Oui, mon petit homme. Le connais-tu ?

PAUL.

Oh ! oui, il est né en 1606. C'est le plus grand poète tragique de la France.

M. DARCY.

Sais-tu ce qu'il a écrit ?

PAUL.

Des tragédies.

MARGUERITE.

Il a traduit aussi l'*Imitation* en vers. Tante Marie nous en a lu un jour un chapitre en classe. C'était si beau !

M. DARCY.

C'est, en effet, un chef-d'œuvre, malheureusement trop délaissé de nos jours. Bien des personnes qui se piquent de littérature, en ignorent même l'existence !

JEANNE.

Tu nous le feras lire, père ?

PAUL.

Il a dû mourir bien riche, Corneille ? Tous les écrivains font fortune !

M. DARCY.

Tu te trompes, mon petit ami. Les écrivains jadis ne s'entendaient pas à faire de la réclame comme ceux de notre époque. Corneille est mort presque pauvre. Il a toujours vécu dans la plus grande simplicité, à Rouen même, dans une maison qu'il partageait avec son frère. On cite un trait qui montre combien ses ressources étaient précaires. Étant un jour à Paris, il se promenait avec un haut personnage de ses amis. Passant devant l'échoppe d'un savetier, il s'excusa et y entra pour faire raccommoder sa chaussure, qui était décousue. Quand l'ouvrier l'eut refaite, le poète tira de sa poche trois sols et les donna.

Touché de voir un homme de génie réduit à une telle misère, son ami lui offrit généreusement sa bourse, mais Corneille refusa d'y puiser. Sa médiocrité lui plaisait parce qu'il savait borner ses désirs.

PAUL.

Je n'aurais pas voulu être poète de ce
temps-là.

MARGUERITE.

Voici les quais.

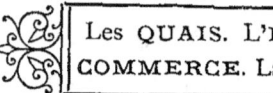

Les QUAIS. L'INDUSTRIE et le
COMMERCE. La CATHÉDRALE.

PAUL.

QUE de navires ! On dirait un port.

MARGUERITE.

C'en est un, en effet, mon cher Paul.

PAUL.

Tu te moques ! Comme s'il y avait des
ports ailleurs qu'à la mer ! dis, papa ?

M. DARCY.

Non, mon petit ami, Marguerite a raison.
Tu sauras qu'il y a des ports intérieurs sur
les grands fleuves, qui sont comme de gran-

des routes conduisant les navires à la mer.
Rouen est un de ces ports, et même un des
plus importants. Il y entre chaque année
plus de 5.000 navires transportant ensemble 1.500.000 tonnes de marchandises.

PAUL.

Quelles marchandises ?

M. DARCY.

Un peu de tout, mais principalement des
fontes, des tissus. Le commerce d'exporta-
tion est considérable, l'industrie aussi.

PAUL.

Que fabrique-t-on spécialement ?

M. DARCY.

Voyons, personne de vous n'en connaît-il
rien ? Certains produits de Rouen sont
cependant célèbres....

JEANNE.

Les rouenneries !

Les Quais.

M. DARCY.

Justement. Cette seule fabrication occupe
plus de 5.000 ouvriers. En outre, Rouen
possède d'importantes filatures de coton
et des tissages. Cette dernière industrie
s'exerce à domicile, et surtout dans les campagnes, ce qui est, pour l'ouvrier, une bien
meilleure condition que de travailler dans
l'atmosphère empestée des grands ateliers.

MARGUERITE.

Ah ! voici la statue de Corneille, sur le
pont.

PAUL.

Et celle qui est là-bas sur le quai, de qui
est-elle ?

M. DARCY.

De Boïeldieu, qui est né aussi à Rouen.
Le connais-tu ?

PAUL.

Je crois bien ! C'est un des grands musi-
ciens de la France.

M. DARCY.

Mes enfants, il va être temps de songer au départ.

MARGUERITE.

Mais nous n'avons pas vu l'intérieur de la cathédrale ?

M. DARCY.

Nous allons la visiter en passant. Viens, Paul.

MARGUERITE.

Sait-on à quelle époque fut construite la cathédrale, papa ?

M. DARCY.

Oui, elle date des vingt premières années du XIIIe siècle, l'époque la plus glorieuse de l'architecture nationale. Les monuments qu'elle nous a légués sont des merveilles l'orgueil de notre belle France.

MARGUERITE.

Quel bel édifice vraiment !

M. DARCY.

Remarque le portail ; en dépit des muti-
lations de ses statues, il demeure un joyau
unique. Les deux tours qui le flanquent
sont bien remarquables aussi. Celle de droite
a une origine assez curieuse. Elle fut construite de 1485 à 1507, avec les aumônes
payées par les fidèles pour obtenir la permission de faire usage de beurre pendant le
carême. En raison de cette origine, on lui a
donné le nom de Tour de Beurre.

PAUL.

Voilà une tour de beurre qui ne fondra
jamais au soleil !

M. DARCY.

Entrons à présent et gagnons le chœur.
Pour commencer, nous y verrons le tombeau
de deux rois d'Angleterre.

PAUL.

Deux rois d'Angleterre !

La Cathédrale. — Portail principal.

M. DARCY.

Cela t'étonne ? Oublies-tu ton histoire de
France ? Guillaume le Conquérant, ce duc
de Normandie qui s'empara de l'Angleterre
et en devint roi, continua de régner sur la
Normandie, qui devint ainsi terre anglaise.

En 1203, le roi Philippe-Auguste la con-
fisqua sur Jean Sans-Terre, mais, en 1346,
Édouard III, roi d'Angleterre, l'envahit et
s'en empara de nouveau. La Normandie
resta aux mains des Anglais jusqu'au règne
de Charles V, qui la reprit. Charles VI la
perdit de nouveau, mais elle fut définitive-
ment reconquise par Charles VII en 1450.

Richard Cœur-de-Lion, dont voici le tombeau, régna de 1189 à 1199. Ne connaissez-
vous rien de sa vie ?

MARGUERITE.

Il fut le chef de la troisième croisade,
mais, malgré des prodiges de valeur, il ne
parvint pas à s'emparer de Jérusalem, et
dut quitter la Terre-Sainte sans l'avoir con-

La Cathédrale — Portail de la Tour.

quise. A son retour, il fut fait prisonnier par
l'empereur Henri VI, qui lui fit subir une
longue captivité. Enfin délivré, il rentra en
Angleterre, et eut des démêlés avec Philippe-Auguste au sujet de la Normandie. Il
fut tué devant le château de Chalus.

M. DARCY.

C'est parfait, ma petite historienne.

PAUL.

Et ce tombeau-ci, de qui est-il ?

M. DARCY.

C'est celui du roi Henri II, dont le règne
fut souillé par le meurtre de saint Thomas
Becket. Ce pieux évêque fut tué sur les
marches de l'autel par quatre gentilshom-
mes qui croyaient ainsi plaire au roi, contre
les empiétements duquel saint Thomas défendait énergiquement les droits de l'Église.

PAUL.

Il y a à Lille une maison où il a logé, dit
Jeanne. C'est dans la rue d'Angleterre. On

y a mis une inscription pour le rappeler.

M. DARCY.

Voyons maintenant les chapelles. Voici
celle de la Sainte Vierge, avec le tombeau
de Louis de Brézé, très monumental et très
luxueux, d'un luxe même qui contraste avec
l'idée de la mort, que le tombeau doit nous
rappeler. J'en dirai autant du tombeau du
cardinal d'Amboise, qui est de l'autre côté.
La simplicité des tombeaux du moyen âge
était plus éloquente et plus artistique....
Disons maintement notre prière, puis nous
partirons...

PAUL.

En route pour la gare. Pas accéléré, mar-
che !

MARGUERITE.

Passons encore devant la Tour de Jeanne
d'Arc, papa. Je voudrais la revoir encore.

M. DARCY.

Tu aimes Jeanne d'Arc ?

La Maurienne.   8

MARGUERITE.

Oh ! oui. Que ne peut-elle réapparaître pour nous rendre l'Alsace et la Lorraine !

M. DARCY.

Si Jeanne d'Arc n'est plus, nous gardons ses exemples. Imitez sa piété et son amour de la France, et, sans nul doute, le bon Dieu bénira de nouveau notre chère patrie.

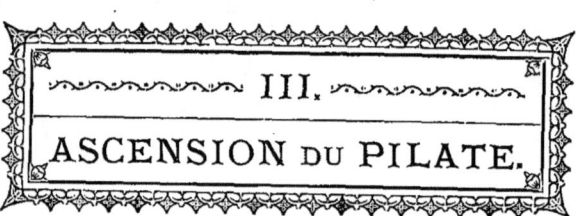

III.

ASCENSION DU PILATE.

ASCENSION DU PILATE.

I. — La légende.

 I vous allez un jour en Suisse et si, avant de monter au Pilate, vous demandez à quelque vieux pâtre la légende de la montagne fantastique qui domine Lucerne, voici ce qu'il vous racontera :

« Jésus-Christ étant mort sur la croix pour le salut des hommes, l'empereur Tibère rappela le proconsul qui, par sa faiblesse, avait livré le Fils de l'homme aux cruels Juifs, et le fit jeter en prison. Désespéré de sa disgrâce, tourmenté peut-être par le remords, Ponce-Pilate se donna la mort, et son cadavre fut jeté dans le Tibre. Mais le contact du juge déicide souleva la colère des flots ; une horrible tempête s'éleva, qui fit d'affreux ravages, et ne s'apaisa que lorsque le cadavre eut été rejeté sur la rive.

» Le corps maudit fut alors transporté
en France, et précipité dans le Rhône à

Le Pilate.

Vienne ; mais le Rhône se souleva comme
avait fait le Tibre, et, après une tempête

qui détruisit tout sur les bords du fleuve, pour la seconde fois le cadavre de Pilate fut vomi par les flots.

» Des gens alors le menèrent à Lausanne ; mais là aussi sa présence attira sur la cité de terribles fléaux.

» On résolut enfin, pour s'en débarrasser à jamais, de le porter au sommet de quelque montagne abrupte, et de l'y abandonner aux oiseaux de proie : on choisit la montagne qui s'élève, non loin de Lucerne, sur les

Auberge d'Aemsigenalp.

bords du lac dont les bras forment comme une croix. On hissa donc le corps à grand'-

peine jusqu'au sommet, et , ayant trouvé
là un petit lac encaissé dans les flancs
sauvages de la montagne, on y précipita le
maudit.

» Et, pour la troisième fois, les eaux en-
trèrent en fureur, comme pour marquer
qu'elles ne voulaient point garder ce dépôt.
Un orage violent enveloppa la montagne,
renversant les maisons, tuant les bestiaux
et les gens.

» Puis l'on vit le spectre du Proconsul
se dresser sur le mont, et en parcourir tous
les replis, pour en prendre possession. Et,
partout où il passait, la tempête se déchaî-
nait, déracinant les arbres et brisant les
rochers.

» Il en fut ainsi jusqu'au jour où un
écolier de Salamanque, étant venu dans le
pays, réussit à conjurer les démons qui pos-
sédaient Ponce-Pilate, et força ce dernier à
demeurer tranquille au fond du lac. Toutefois, ce fut à la condition que nul être hu-
main ne viendrait l'y troubler ; à la plus

petite pierre jetée dans le lac, l'esprit du
mal se manifestait à sa manière habituelle :
la montagne as-
sombrie se cou-
vrait de nuages,
le vent faisait
rage, les eaux
du ciel et de la
terre se mêlaient
dans une tem-
pête qui boule-
versait le pays. »

Telle est la
légende qui se
raconte encore,
bien que per -
sonne n'y ajoute plus créance.
Elle était autrefois si enraci-
née, qu'un édit du gouvernement de Lucerne défendait ex-
pressément de se rendre sur la montagne,
et l'on punissait de peines sévères les
infractions à cet édit.

Tunnel de Spycher.

Aemsigenalp.

Font près de la gare de Wolfort.

Il fallut, pour détruire la superstition populaire, qu'un prêtre de Lucerne, nommé Jean Muller, se rendît solennellement au bord du lac, et y fît jeter des pierres devant la foule effrayée de son audace. Comme bien vous pensez, il n'y eut ni orage, ni soulèvement des eaux, et le prêtre convainquit ainsi ses paroissiens de la fausseté de la légende.

⁎

La montagne garda néanmoins ce nom de Mont Pilate ; elle le porte encore aujourd'hui.

Quelle peut être, me demanderez-vous, l'origine de cette légende ?

On n'est pas bien fixé là-dessus, mais il est assez probable qu'elle vient de ce qu'à l'approche des mauvais temps, le sommet du Pilate se couvre souvent de nuages épais. Le fait est si fréquent qu'on en a fait

un baromètre. C'est un dicton dans le pays
que :

Si le Pilate a son chapeau,
Il fait beau ;
A-t-il un collier,
On peut se risquer ;
Mais s'il porte son épée,
Il vient une ondée.

II. — Le chemin de fer.

LE Pilate se dresse isolé au sud-ouest
de Lucerne, et planté sur le bord du
lac des Quatre-Cantons comme une senti-
nelle avancée du grand massif des Alpes.
Ses abruptes parois, se dressant dénudées
au-dessus des forêts verdoyantes qui en
cachent la base, ont un aspect saisissant.

L'ascension jadis en était très pénible ;
aussi, peu de voyageurs l'effectuaient, et le
sommet de l'Esel était à peu près vierge
quand, il y a quelques années, un ingénieur
proposa de construire un chemin de fer du
bas de la montagne jusqu'au pic le plus

La pierre du moine.

élevé, qui est à 2.123 mètres au-dessus du niveau de la mer.

Naturellement il ne s'agissait point là d'établir un chemin de fer ordinaire. Nulle locomotive ne serait assez puissante pour remorquer un train sur une pente qui atteint jusqu'à quarante - huit centimètres par mètre , donnant un angle de plus de 25°.

La voie est établie sur un solide

[2me tunnel de l'Esel.

massif de maçonnerie en granit ; des arches,
également en maçonnerie , aident le train à

Le Matthorn, vue de Mattalp.

franchir les vallées, tandis que des tunnels
percés dans le roc lui permettent de traverser les contreforts de la montagne.

La voie se compose de trois rails : deux
ordinaires sur lesquels roulent les roues des
véhicules, un rail central à crémaillère où
s'engrènent horizontalement, à droite et à
gauche, les quatre roues dentées de la locomotive. Ce sont ces roues qui, actionnées
par la machine, font avancer le train le long
de la crémaillère.

Des freins puissants permettent d'arrêter
instantanément le train, et l'empêcheraient,
en agissant automatiquement, de rétrogra-
der si le moteur venait à faire défaut.

Le chemin de fer est à simple voie, mais
il existe à mi-route, à Aemsigenalp, une
voie de garage qui permet le croisement du
train montant et du train descendant.

Commencée en 1886, la construction de
la voie ferrée fut achevée en deux ans à
peine, grâce à des prodiges d'activité et
d'audace.

Mais le train siffle pour nous appeler :
vite à la gare ; nous montons.

III. — La montagne.

LE point de départ du chemin du Pilate est à Alpnach Staad.

La locomotive siffle, et le petit convoi se met à gravir la montagne.

A droite et à gauche s'étendent des prairies parsemées d'arbres fruitiers, de noyers surtout, avec çà et là quelques constructions en bois, étables ou chalets, dont la toiture moussue, formée de larges planches, est chargée d'énormes pierres.

Plus haut est une épaisse forêt de hêtres aux troncs droits et élancés, couronnés seulement de feuillage au sommet, et dont la voûte épaisse, interceptant les moindres rayons de soleil, ne laisse point se développer de végétaux sous son couvert. Aussi l'aspect de ces solitudes est-il particulièrement triste, et la roche qui affleure çà et là y ajoute encore un caractère sauvage.

A 800 mètres d'altitude, un pont d'une

hardiesse surprenante franchit la gorge du Wolfort. Avant de s'y engager, le machiniste fait une halte et renouvelle sa provision d'eau. La vue de là est merveilleusement belle : le regard tombe presque verticalement sur la baie d'Alpnach, dont l'éloignement paraît beaucoup plus grand qu'il n'est, parce que la vue est limitée de droite et de gauche au premier plan par les rochers et les Alpes.

Le train monte toujours et franchit le Risleten, éboulis formé de gravier et de débris schisteux, à travers lequel la construction de la voie a été particulièrement difficile.

Le hêtre fait place au sapin, le seul arbre capable de croître à ces altitudes. Ces arbres, accrochés par leurs longues racines aux flancs abrupts de la montagne, y forment des retraites impénétrables que le pied du chasseur le plus hardi n'a jamais foulées, tandis que la locomotive audacieuse y trace aujourd'hui sa voie, et que la vapeur victorieuse ébranle leurs échos de son sifflement strident.

La voie coupe les replis de la montagne, tantôt franchissant la vallée sur un viaduc, tantôt pénétrant sous le roc par un tunnel. A chaque pas ce sont des échappées sur des paysages nouveaux, sur le lac des Quatre-Cantons, sur le lac de Zug, sur le Righi et sur l'Albis.

La forêt s'éclaircit peu à peu. Les sapins se font rares et émergent, isolés ou en petits groupes, des gazons épais des hauts pâturages. Nous dépassons l'Aemsigenalp, un des plus hauts points habités du Pilate, et traversons de gras pâturages où paissent de nombreux troupeaux de ces belles vaches grises des Alpes, qui tournent lentement la tête vers nous et nous regardent de leurs bons gros yeux étonnés en faisant tinter la clochette argentine qu'elles portent au cou.

Le train monte toujours. Aux gras pâturages voici que succèdent les ravins désolés de la Mattalp, dont la sauvagerie fait pressentir l'approche des rocs dénudés du sommet. L'herbe rare n'y offre de pâture aux

A la Mattalp.

Les rochers de l'Esel et la ligne de chemin de fer.

troupeaux que pendant les courts mois d'été.
En dehors de ces mois, aucun bruit ne
vient troubler la solitude de ces lieux.

Devant nous se dressent le Matthorn et
l'Ésel, rudes et sauvages, aux parois déchiquetées, remplies de crevasses et de caver-
nes. Une courbe audacieuse nous conduit au
flanc même de ces derniers sommets, et
bientôt nous nous arrêtons à 2.070 mètres
d'altitude, devant le splendide panorama de
l'Oberland bernois.

Moins connu que le Righi, le Pilate
réserve au touriste des émotions plus grandioses. Le site a un aspect de sauvage
grandeur, que n'ont pas les pics trop poli-
cés du Righi Culm, et le panorama n'en
est pas moins remarquable, ce qui n'empê-
chera pas tous les touristes du système
« Cook » d'aller longtemps encore au Righi
voir le « lever du soleil », en jetant un
regard dédaigneux sur le Pilate, moins
haut coté sur les *Guides*.

IV.

UN TOUR
EN ANGLETERRE.

BRISTOL.
Extérieur de l'église Sainte-Marie Redcliffe.

Un Tour en Angleterre.

L E petit voyage que je vais vous raconter, rapide excursion de vacances, ne figure point dans les guides officiels. Nous n'avons pas suivi le chemin battu, nous ne nous sommes pas enchaînés au programme inflexible d'un tour circulaire. Laissant volontiers de côté les villes, les cités que tous les voyageurs ont décrites, nous sommes partis un peu à l'aventure, cherchant du nouveau, de l'imprévu, et bien nous a pris, car nous avons vu de l'Angleterre ce que les étrangers ignorent pour la plupart, les sites charmants et pittoresques que les Anglais admirent à si juste titre, et dont ils gardent pieusement le souvenir dans leurs éternelles pérégrinations à travers le monde.

Est-il besoin de vous dire qu'ayant à choisir, pour aller à Londres, entre diverses lignes de chemin de fer et de bateaux, nous avons donné la préférence à celle de Dieppe

et Newhaven, non qu'elle soit la plus
courte, bien au contraire, mais parce qu'elle
est la plus économique ?

Jusqu'à Mantes, Mantes la jolie, c'est
une succession de bois, de prairies, de villas
dont quelques-unes se donnent des airs
princiers, de villages et de clochers épar-
pillés sur le flanc des coteaux, sans oublier
le trait principal du tableau, la Seine, qui
s'égare et s'attarde en capricieux détours
dans cette belle vallée, courant d'une colline à l'autre, sans souci du temps ni de
l'espace, sans respect de la ligne droite.

La Normandie nous apparaît enfin avec
ses grands herbages, ses vastes champs de
pommiers, ses innombrables troupeaux. Ce
ne sont que forêts, riches cultures, usines
plantées sur le bord des ruisseaux, hauts
fourneaux couronnés d'un panache de vapeur.

Dieppe ! le train ne s'arrête même point
en gare, il s'engage à pas lents sur les quais
de la ville. Deux hommes d'équipe mar-

chent en avant, le drapeau rouge à la main
et la trompette aux lèvres. La locomotive
multiplie ses sifflements d'alarme. Enfin,
sur le quai Henri IV, s'allonge une cale
d'embarquement. Une passerelle la relie au
steamer. Un commissaire de police requiert
nos noms, prénoms et qualités, qu'un agent
inscrit à la volée sur un calepin graisseux.

On épargne cette formalité aux Anglais :
les Français devraient bien jouir en France
des privilèges de la nation la plus favorisée.

Cette formalité est l'adieu de la patrie. Au
retour nous la retrouverons encore. Il paraît
que c'est indispensable à la sûreté publique.

La mer est-elle bonne ? Serons-nous se-
coués par le vent et roulés par les lames ?
Grave question ; point d'interrogation formidable qui se dresse à l'instant. Par un
beau temps, la traversée de Dieppe à Newhaven est une promenade charmante. Si la
mer est mauvaise, c'est une longue et dou-
loureuse épreuve.

Pour l'instant, je cherche à me rappeler

les doctes prescriptions que les médecins et professeurs d'hygiène ont édictées à l'endroit du mal de mer.

— Demeurez sur le pont et aspirez le grand air, dit l'un.

— Descendez dans votre cabine et couchez-vous tout d'abord, dit l'autre.

— Faites un bon déjeuner.

— Restez à jeun et ne vous chargez pas l'estomac.

— Serrez-vous le ventre avec une large ceinture pour arrimer vos intestins.

— Tenez vos vêtements libres et aisés autour de votre corps.

N'est-ce pas l'éternelle discussion du docteur Tant-Mieux et du docteur Tant-Pis, des allopathes et des homéopathes, l'antique comédie dont nous rions tous quand nous nous portons bien et que nous prenons au sérieux un moindre bobo ?

Hurrah ! la mer est belle, et nul n'aura le droit d'être malade.

Le temps se passe en longues promenades

sur le pont et plus longues stations au bar-
room, vaste salle à manger garnie de divans
en velours cerise et pourvue d'un buffet
chargé de viandes, de pâtisseries, de
liqueurs, de liqueurs surtout.

Mais voici que se profilent à l'horizon les
hautes falaises de la blanche Albion. Elles
sont superbes de forme et de couleur, sculp-
tées et vermiculées comme de vieux piliers
du temps de la Renaissance. Le soleil cou-
chant darde sur elles d'obliques rayons et
les fait resplendir d'un saisissant éclat.

Newhaven! le temps de débarquer, de
faire connaissance avec la douane anglaise,
et en route pour Londres. Le train n'attend
pas.

Nous traversons des prairies marécageu-
ses, puis le pays s'élargit, des forêts projet-
tent sur nous leurs ombres, une vigoureuse
végétation couvre le sol. Tableaux perdus :
la nuit est venue, et neuf heures sonnent à
toutes les horloges de la capitale quand
nous arrivons en gare de London-bridge.

Je ne vous décrirai pas Londres, tout le
monde connaît Londres, c'est la grande ville
cosmospolite ; c'est aussi la grande ville
amie pour ceux qui ont eu souvent l'occasion de s'y arrêter.

Nous n'avons fait, du reste, que traverser
la capitale de l'Angleterre, et dès le lendemain le *Great Western Railway* nous em-
portait à toute vapeur vers le pays de Galles.
Notre première étape fut Marlborough, un
nom connu et populaire. Ce fut celui d'un
illustre général, et, triste ironie du sort, une
chanson burlesque l'a plus que ses victoires
préservé de l'oubli.

Laissant à sa gauche Windsor, son château et son beau parc , le chemin de fer
s'arrête à Reading, une petite ville assez
maussade qui a joué, au temps jadis, un
rôle assez important dans l'histoire de l'Angleterre ; des batailles s'y sont livrées, des
Parlements s'y sont rassemblés. Aujourd'hui
Reading est surtout connu par ses excellents
biscuits et gâteaux secs, qui s'expédient

dans toutes les parties du monde et dont la consommation va toujours augmentant. Il n'est peut-être pas de produit plus en vogue. Sous l'équateur comme au pôle Nord, de l'Alaska à la Nouvelle-Zélande, du Groënland au cap de Bonne-Espérance, partout on grignote les gâteaux de Reading. A toute heure, des trains énormes emportent dans toutes les directions les petites caisses de fer-blanc recouvertes d'annonces aux vives couleurs qu'un monde de femmes et d'enfants prépare jour et nuit.

De Reading à Newbury, le chemin de fer côtoie la Kennet, une petite rivière assez insignifiante, d'ailleurs, qui se jette dans la Tamise après de longs méandres et prend sa source dans le Wiltshire, sur les plateaux crayeux de Marlborough. Ces plateaux ou dunes, fort peu pittoresques d'ailleurs, sont célèbres dans toute la Grande-Bretagne par le froid qui y règne en toute saison. Les habitants se livrent, sur une grande échelle, à l'élevage des moutons. On rencontre également dans ce district une race de porcs blancs, à longues oreilles, qui est en grande réputation.

Marlborough n'est qu'une grosse bourgade sans nul intérêt, située sur la rive gauche de la Kennet. Il fut érigé en comté par Guillaume III et en duché par la reine Anne, en faveur de J. Churchill, l'un des plus célèbres guerriers du dix-septième siècle.

Les environs de Marlborough sont très riches en menhirs et en débris préhistoriques. Un double cercle de pierres existait encore en 1723, près de Marlborough. A dix kilomètres à l'ouest de la ville est l'ancien temple d'Avebury, enceinte de 1.350 mètres entourée d'un fossé profond et d'un rempart de 21 mètres de hauteur. Elle renferme deux cercles de pierres non taillées ; des avenues de menhirs y conduisent de toute part. Non loin de là est le *Tumulus* de Silbury, haut de 38 mètres, que contourne une voie romaine. De tous les temples préhistoriques de l'Angleterre, celui d'Avebury est le plus étendu, car il mesure plus de onze hectares, mais les maisons du village et les haies qui séparent les champs et les jardins, ne permettent point de voir l'ensemble de ce prodigieux travail.

Les touristes vont aussi visiter, à six milles à l'est de Marlborough, dans la vallée

MARLBOROUGH. — Menhirs d'Avebury.

de la Kennet, le château de Littlecote. Construit par un des ancêtres de la famille Darrells, à qui il n'a point cessé d'appartenir, ce manoir est un curieux spécimen des habitations du seizième siècle. La salle d'armes, toute tapissée d'armures et de trophées, est d'un grand effet. Une galerie,

longue de cent pieds, renferme les portraits
en pied de tous les membres de la famille
Darrells ; les guerriers farouches semblent
regarder avec dédain les humbles visiteurs ;
les nobles châtelaines, affublées à la mode
du temps, grimacent un sourire en respirant
des roses un peu pâles, comme il convient,
hélas ! à des fleurs de cent ans.

Dans une salle voisine, on conserve pré-
cieusement une collection très complète des
fers, entraves, instruments de torture, dont
les seigneurs conquérants de l'Angleterre
usaient jadis à l'endroit de leurs serfs et
vassaux. On y voit aussi une belle mosaïque
romaine, découverte depuis peu dans le
Parc.

Pour visiter Marlborough et ses environs,
nous avions dû quitter à Savernake la grande
ligne du chemin de fer ; c'est là aussi que
nous allons la retrouver. Ce nous est une
occasion de parcourir les grands bois de
Savernake, qui, bien que morcelés sans
cesse, donnent encore une idée de ce que

devaient être au moyen âge les vieilles et noires forêts qui couvraient alors la surface du pays.

MARLBOROUGH.
Grande avenue de la forêt de Savernake.

Ces bois sont merveilleux, nulle part je n'ai
vu de plus beaux chênes, des hêtres d'une
telle venue. Beaucoup de ces arbres étaient
vieux déjà aux jours de la conquête, quand
les premiers rois normands prenaient plaisir
à courir le daim, et édictaient contre les
braconniers des lois sauvages dont le seul
souvenir nous épouvante aujourd'hui.

La forêt est traversée par une grande avenue de hêtres qui n'a pas moins de quatre milles et est une des merveilles de l'Angleterre.

Le train qui nous conduit à Bristol traverse maintenant le Somersetshire. Ce
comté offre à tout instant le contraste de
l'aridité de ses plaines et de la richesse de
ses vallées. Lorsqu'on le parcourt dans sa
longueur, après s'être attardé sur les bords
du Taunton, qui, d'après les habitants, n'ont
besoin d'aucun engrais et ne doivent leur
fertilité qu'à l'action du soleil sur une terre
féconde, on entre dans la forêt d'Exmoor,
contrée stérile dont quelques cerfs animent
la triste nudité.

La partie du nord-est comprend les collines de Mendip, où l'on trouve de la houille,
du zinc et du plomb. On y rencontre aussi
des plateaux couverts de buttes marécageu-
ses, dangereuses à traverser. Sur les pentes
occidentales de ces collines, Chedder et plusieurs autres villages fabriquent des froma-
ges qui passent pour les meilleurs du pays.

Dans les belles prairies qui s'étendent
vers les sources du Parret, on nourrit des
bestiaux qui rivalisent avec ceux du Lin-
colnshire, et dans les marais que nous ren-
controns à tout instant, s'élèvent les superbes oies qui tiennent une si grande place
dans les joies gastronomiques de la Christ-
mas.

Bath, la capitale du Somersetshire, est
située sur les pentes douces d'une colline
exposée au midi et contournée par un mé-
andre de l'Avon. A l'est, un coteau élevé,
coupé abruptement par les carriers, domine
un défilé par où s'échappe la rivière pour
entrer dans la plaine ; des villas, des groupes

de maisons élégantes se montrent de toutes
parts sur les hauteurs et dans le creux des
vallons ; on reconnaît à première vue une
de ces villes de bains où les oisifs viennent
plus encore que les malades. Sous les Romains déjà, les *Aquæ Salis* étaient fréquen-
tées, et l'on y a trouvé plusieurs pierres où
la divinité *Salis*, adorée aussi dans la Bre-
tagne gauloise, était associée à Minerve.

Mais tout change, tout passe en ce monde,
et Bath est bien déchue de son ancienne
gloire. Au dix-huitième siècle, un roi de la
mode, le « beau » Nash, avait su attirer à
Bath, par les fêtes, les danses et le jeu, tout
le monde élégant de l'Angleterre ; mais les
monuments somptueux qu'il fit construire
ont un air de tristesse et d'abandon; la foule
ne se presse plus sous leurs colonnades et
dans les rues qui les entourent. Leamington,
Cheltenham, Malvern et les villes du bord
de la mer ont remplacé Bath comme centres
d'attraction des riches baigneurs ; maintenant, ce sont principalement des bourgeois

ayant une modeste aisance qui choisissent
la capitale du Somerset comme résidence.

Intérieur de l'église Sainte-Marie Redcliffe.

Outre ses édifices du siècle dernier, Bath
possède une belle église, reste d'une antique

abbaye ; elle n'offre d'ailleurs rien de bien
remarquable ; son commerce est à peu près
nul ; l'industrie des draps, jadis très prospère
dans le pays, n'y existe plus, et la ville
reçoit de Londres presque tout le papier
qui, par une vieille habitude, porte encore
la marque des usines locales.

A l'ouest de Bath, l'Avon laisse sur sa
rive droite la grande commune de Bitton, et
bientôt après se déroule dans Bristol, l'une
des cités les plus importantes, les plus acti-
ves de l'Angleterre. Au quatorzième siècle,
Bristol le cédait à peine en importance à la
capitale : lorsque le roi Édouard III fit un
appel général à toutes les villes maritimes
du pays pour le siège de Calais, la part
qu'eut à fournir Bristol était de 24 navires,
tandis que Londres avait à équiper seulement un bâtiment de plus. Lors des grandes
expéditions qui suivirent la découverte du
Nouveau-Monde, c'est dans le port de
l'Avon que furent armés les bâtiments qui
devaient cingler vers les terres inconnues.

C'est de Bristol que partit en 1497 le navire
Mathias, sur lequel l'Italien Sebastiane Ga-
botto aborda la terre ferme d'Amérique,
probablement le Labrador, quatorze mois
avant que Christophe Colomb eût lui-même
touché le rivage du continent. Dans ce
siècle, Bristol est aussi la cité maritime
d'Europe d'où le premier bateau à vapeur
se soit aventuré vers le Nouveau-Monde :
en 1838, le *Great Western*, commandé par
le capitaine Hosken, sortit de l'Avon et
gagna sans accident le port de New-York.
Toutefois, Bristol n'a pas recueilli le principal bénéfice de ses tentatives : Liverpool
est devenu le grand port d'armement des
vapeurs transatlantiques. D'ailleurs, la dé-
chéance relative de Bristol avait déjà commencé depuis plus d'un siècle, et les bourgeois de la ville n'avaient qu'à s'accuser des
progrès que leur rivale faisait à leurs dépens.
Disposant de privilèges tyranniques, dé-
guisés, comme d'habitude, sous le nom de
« libertés », ils ne permettaient aux étran-

gers de s'établir dans la cité qu'à titre d'inférieurs, et d'avance ils leur rendaient impossible toute initiative en les enserrant de formalités nombreuses. C'est ainsi que se perdirent peu à peu les avantages considérables donnés à Bristol par sa position exceptionnelle et par les relations acquises.

Néanmoins Bristol est toujours l'un des ports de commerce les plus fréquentés de la Grande-Bretagne. Elle exporte en grande quantité les produits de sa propre industrie, sucres raffinés, cotonnades, verres, métaux ouvrés, machines, cigares, savons, cire, car, si la ville n'est la première en Angleterre dans aucun genre de travaux, elle se distingue du moins par la variété de son industrie.

L'Avon, qui passe en aval de Bristol dans une étroite gorge d'environ 5 kilomètres de longueur, est bordé de palais et d'hôtels qui le dominent du haut de la falaise ; un pont suspendu d'une seule travée le franchit à 75 mètres au-dessus de la marée basse. Ce

pont, ces châteaux de plaisance, les bosquets des environs, sont avec la cathédrale
de style normand, l'église ogivale de Sainte-
Mary Redcliffe, et le clocher de Saint-Ste-
phen, élevé en 1471, les principales curiosités de la ville.

L'Institut philosophique et quelques châteaux des alentours possèdent des œuvres
d'art, sculptures et tableaux, fort remarquables.

A Bristol trois itinéraires nous sollicitent,
la Cornouaille, le pays de Galles, les bords
si vantés de la Severne : c'est de ce côté
que nous dirigeons nos pas. Le chemin de
fer, en Angleterre il est partout, nous mène
d'abord à Glocester.

Bien que située à une assez grande distance de la mer, Glocester, bâtie en bois et
en briques, sur la rive gauche de la Severne,
peut recevoir à marée haute quelques petits
bâtiments. Mais, pour éviter les détours du
fleuve et les alternatives du flux et du re-
flux, les navires sont obligés d'user d'un

canal creusé directement de l'estuaire de la Severne aux bassins de Glocester.

Les campagnes avoisinantes sont très fertiles et fort agréables. L'air est vif et salubre, comme l'atteste la bonne mine des habitants.

Glocester a gardé du moyen âge une cathédrale, construite à diverses époques et non dans le même style, mais qui offre néanmoins dans son ensemble un aspect grandiose ; la verrière qui occupe presque toute la façade occidentale est splendide, et les ornements du chœur, qui date de 1330, sont d'une rare élégance.

Poursuivant notre route, nous entrons dans la vallée de la Severne, où se trouvent les stations de bains les plus vantées de la Grande-Bretagne : Great-Malvern, West-Malvern, Malvern-Link. Ce pays est célèbre à juste titre pour la grâce de ses coteaux, le charme de ses bosquets, de ses vallons, de ses eaux vives ; il est couvert de villas et d'hôtels. Le climat y est très doux, on ne se croirait plus en Angleterre. Constatons, en passant, que les sources qui ont fait la réputation de Malvern sont légèrement sulfureuses, et que nulle part l'hydrothérapie n'est pratiquée sur une plus large échelle.

Malvern fut probablement au moyen âge le siège d'une abbaye, dont il ne reste qu'une fort belle église et un portique échappé, comme par miracle, au marteau des démolisseurs.

L'église date du quinzième siècle ; elle ressemble en plus d'un point à la cathédrale de Glocester. On y admire de splendides vitrines qui laissent voir les portraits de quelques-uns des souverains et des héros de la Grande-Bretagne.

Continuant à remonter la vallée de la Severne, nous arrivons à Worcester. C'est une antique station romaine bâtie sur une hauteur, d'où la vue s'étend au loin sur de belles et vertes campagnes. La cathédrale, qui fut commencée en 680, sous le règne d'Ethelred, et terminée en 1374, possède de belles

sculptures sur pierre et sur bois, ainsi que
de nombreux monuments funèbres, entre
autres les tombeaux du roi Jean et du prince

MALVERN. — Intérieur de l'église.

Arthur, fils de Henri VII. Le chœur de la
cathédrale de Worcester est vanté à juste
titre comme une merveille.

Worcester eut beaucoup à souffrir au
moyen âge des querelles sanglantes qui
divisèrent les maisons d'York et de Lan-

MALVERN. — Le portique de l'abbaye.

castre. Mais l'événement le plus remarquable qui se passa sous ses murs est la célèbre
bataille gagnée par Cromwell sur les Écos-

sais ; il leur tua deux mille hommes et fit
huit mille prisonniers, qui furent presque
tous vendus comme esclaves en Amérique.

Comme toutes les villes de ce comté,
Worcester est tout industrielle ; elle fabrique
du vinaigre, des gants, et surtout des porce-
laines qui ont une grande réputation.

C'est le Sèvres anglais.

Toute la vallée de la Saverne est aux
mains des industriels ; ce ne sont partout
que mines, manufactures, hauts-fourneaux
en pleine activité. Les houillères produisent
des millions de quintaux de charbon ; quant
aux machines à vapeur, il ne faut point songer à les compter ; au-dessus de toutes les
villes, si petites qu'elles soient, on voit se
dresser les hautes cheminées des usines. Le
sol est fertile et bien cultivé. Il produit en
abondance des céréales, du houblon, du
chanvre et du lin. On rencontre quelques
belles forêts de chênes et parfois aussi de
bouleaux, surtout dans le sud-ouest. Les
pâturages abondent, et l'on trouve à tout

instant de beaux troupeaux de bœufs et de moutons. C'est ici que se fabrique le fromage célèbre qui se vend, un peu partout, sous le nom de fromage de Chester.

Le voyageur s'attarde volontiers, il se plaît à visiter les sites charmants qui bordent la rivière ; ce sont à chaque pas de belles vallées, de verdoyants coteaux, des prairies magnifiques.

Après Worcester, les villes importantes se font plus rares, le chemin de fer s'éloigne pour un instant de la Severne et, remontant à l'est, s'en va trouver à quelques milles Droitwich, une petite ville agréablement campée dans un site pittoresque, et qui serait toute charmante si l'éternelle fumée de ses usines ne l'enveloppait d'un véritable brouillard. Droitwich n'a point d'histoire, elle n'est guère connue que par ses sources d'eau salée qui, déjà exploitées du temps des Romains, semblent intarissables.

Hartlebury, où nous arrivons bientôt, possède un vieux manoir qui sert de résidence d'été à l'évêque de Worcester ; il date, prétend-on, du neuvième siècle.

Le pays est charmant, les paysages se succèdent sans jamais se ressembler, c'est bien ici le Paradis de l'Angleterre. Il n'est plus question maintenant d'usines ni de manufactures, la fumée des machines à vapeur n'obscurcit plus le ciel, et ce n'est point sans raison que l'on nomme Bewdley (beau lieu) la petite ville où nous voici.

Bewdley, dans une merveilleuse situation, est une ancienne et paisible cité, placée comme à souhait dans ce cadre charmant. Il serait impossible de trouver dans toute l'Angleterre un site plus gracieux ; on se croirait dans un beau parc.

Laissant derrière nous Bewdley, nous poursuivons notre route dans la vallée de la Severne, qui va se rétrécissant ; la rivière cesse d'être navigable, elle glisse, écumant sur un fond de roches, chante et babille comme un écolier en vacance.

Nous atteignons enfin Kiddermenster et

retombons du même coup en plein pays industriel.

Kiddermenster a bien des sources minérales, mais, au lieu d'attendre les étrangers et de leur préparer un doux loisir, elle préfère s'occuper de la fabrication des tapis et des soieries, dont elle s'est fait une brillante spécialité.

Mais qu'est-ce que Kiddermenster auprès de Birmingham, la grande métropole industrielle où nous serons bientôt ?

Birmingham, au centre d'un bassin houiller d'une richesse presque inépuisable, n'a pas moins de quatre cent mille habitants. Ville d'industrie et de manufactures, ville toute moderne, Birmingham n'a point d'histoire. C'est à peine si son nom commence à être prononcé au temps de Cromwell ; mais depuis cent ans, elle exerce une influence de plus en plus considérable dans les destinées de l'Angleterre. Birmingham est un centre politique très important, et elle a la prétention de marcher la première dans la

voie du progrès. Nulle part on ne s'occupe
avec plus de soin, plus de persévérance, du
développement de l'instruction des enfants
pauvres ; nulle part on n'a fait plus et mieux
pour élever le niveau intellectuel des classes
laborieuses. Écoles d'adultes, bibliothèques
gratuites, musées industriels, collections
d'œuvres d'art destinées à fixer et à développer le goût, tout a été essayé sur une
large échelle, et le succès a dépassé toutes
les espérances. Les merveilles industrielles
qui portent dans le monde entier le nom de
Birmingham le prouvent à toute évidence.

Comme beaucoup de villes industrielles,
Birmingham est d'aspect triste et monotone;
on y trouve pourtant quelques beaux monuments : l'Hôtel-de-Ville, de style corinthien,
qui renferme un orgue admirable ; les églises
de Saint-Martin et de Saint-Philippe ; la
Bourse, de style gothique fleuri. Mais les
habitants vantent surtout le Queen's Collège,
qui est un des plus beaux et des meilleurs établissements d'instruction publique du monde.

Mais ce que l'étranger vient admirer à Birmingham, ce sont ses manufactures. Ici, par exception, l'industrie n'est pas uniquement concentrée dans de vastes usines, où des milliers d'ouvriers, serviteurs de puissantes machines, ne font qu'exécuter mécaniquement une besogne toujours la même ; elle comprend au contraire, à côté d'immenses manufactures, une foule de petits ateliers où, grâce à la diversité des travaux, les travailleurs peuvent faire acte d'initiative et de goût.

La prééminence industrielle de Birmingham consiste dans la mise en œuvre des métaux. On y fabrique un peu de tout : des canons, des fusils, des machines à vapeur, des outils, des bijoux, des bronzes d'art, des idoles chinoises, des clous, des boutons, que sais-je encore ! On peut visiter ici les plus vastes usines du monde pour l'électrotypie des métaux, et des établissements, grands comme une de nos villes, où l'on fabrique des plumes métalliques.

Au nombre des usines les plus importantes, — on peut les visiter avec une permission spéciale qui s'obtient assez facilement,

BIRMINGHAM.
Fabrique d'argenterie et de plaqué
de MM. Elkington et Cie.

— il me faut mentionner la fabrique de boutons de MM. Dain, Works et Manson ; celle d'argenterie et de plaqué de MM. Elkington et Cie ; de verres et de cristaux de

M. Osler ; d'aiguilles et d'épingles de MM.
Tayler et Cie ; de plumes d'acier de MM.
Perry et Cie ; de bronzes de MM. Winfield
et Cie ; d'ouvrages en papier mâché de MM.
Maccalum et Hodgson. Les citer toutes
serait impossible.

A l'arrivée comme au départ, on ne peut
assez admirer la magnifique gare du chemin
de fer : c'est superbe d'organisation. Nos
bons administrateurs, toujours convaincus
que le public est fait pour les fonctionnaires et non les fonctionnaires pour le
public, feraient bien d'aller prendre là quelques leçons.

Mais Birmingham, c'est le bout du monde,
et les choses vont si bien chez nous, qu'en
vérité ce serait grand dommage de changer
quoi que ce soit à la vieille routine. On verra
plus tard, dans vingt ou cent ans, et nos
arrière-petits-fils profiteront peut-être alors
de l'expérience acquise.

Notre intention, en quittant Birmingham,

est de faire une rapide excursion dans le
pays de Galles. En deux heures, le chemin
de fer nous mène à Shrewsbury, après avoir
traversé rapidement une région industrielle
que l'on pourrait nommer le royaume du fer.
Ce ne sont partout que hauts-fourneaux,
forges, usines. A Colebroske-Dale, la Severne
coule sous un pont de fer formé d'une seule
arche de cent pieds de largeur; à Wellington,
petite ville de 8.000 âmes, l'église, fort bel
édifice gothique du reste, est supportée par
des piliers en fonte qui font l'admiration
des industriels du voisinage.

La Severne, dont nous avons parcouru si
longtemps les bords charmants, prend sa
source dans les montagnes du pays de
Galles. Shrewsbury est la première ville un
peu importante qu'elle rencontre à son
entrée en Angleterre. Aussi lui a-t-on fait
l'honneur de deux beaux ponts, qui sont
d'ailleurs le plus bel ornement de la ville.
Shrewsbury était autrefois une place de
guerre de premier ordre ; elle était défendue

par de hautes murailles et par un formidable château, dont il reste encore d'imposants
débris. Les hauts clochers de ses églises,
les tours massives de la citadelle, quelques
belles maisons qui dominent l'ensemble, lui
donnent de loin grand air et belle apparence.
Hélas ! il en faut bien rabattre : les rues sont
étroites, tortueuses, accidentées, mal pavées.
Mais il s'agit bien de tout cela dans une
ville qui se vante de posséder deux des
plus grands tissages de l'Angleterre, une
immense usine de fer, et qui fournit des
gâteaux et du porc salé au monde entier.

Le pays de Galles, où nous entrons maintenant, est une sorte de petite Suisse. Les
montagnes qui le recouvrent de toute part
ne sont pas, il est vrai, bien élevées, mais
leurs escarpements rapides, leurs flancs
déchirés et taillés à pic, la profondeur de
leurs étroites vallées, les lacs que l'on rencontre à chaque pas, le grand nombre de
rivières et de ruisseaux qui tantôt se préci-

pitent en cascades, tantôt roulent lentement
au milieu des prairies, les brouillards qui
couronnent le sommet des plus hautes montagnes, la neige qui s'y conserve une partie
de l'année, leur donnent l'apparence de ces
pics audacieux des Alpes et des Pyrénées
qui arrêtent les nuages et sont le séjour des
glaces éternelles. Le pays de Galles présente
aux voyageurs une suite continuelle de sites
romantiques et de perspectives sauvages.

Mais déjà à la station de Montgomery,
où le train s'arrête quelques minutes, nous
nous trouvons transportés en plein monde
Gallois, grâce à l'arrivée de quelques bonnes
femmes qui ont pris d'assaut notre wagon.

Ces dames, suivant la coutume du pays,
portent un chapeau de feutre noir, élevé,
raide, rappelant de tout point, sauf une hauteur plus grande encore, celui des hommes,
cette affreuse coiffure dont nous ne pouvons
parvenir à nous débarrasser depuis que la
mode nous l'a imposée vers la fin du dernier
siècle.

Outre le chapeau de feutre élevé, qui fait sur leurs têtes un effet si étrange et qui, chez quelques-unes, est de forme tronconique comme le chapeau calabrais, ou bien a le bord du derrière relevé à la façon du bonnet Louis XI, les femmes du pays de Galles portent aussi un mouchoir ou une coiffe qui leur entoure la tête, les oreilles et le cou. Un tablier et un casaquin de bure de couleur rouge, un jupon court de même étoffe, complètent ce singulier costume.

Nos compagnes de voyage parlaient naturellement le dialecte du pays, le gallois, auquel, cela va sans dire, nous ne comprenions pas un mot. Cette langue galloise ou welche se parle dans toute la contrée, et il n'est pas rare de rencontrer des habitants, au moins dans les montagnes, qui ne savent pas un mot d'anglais et ne comprennent que le gallois.

Le gallois, du reste, a eu ses beaux jours littéraires à l'époque de la chevalerie. Les bardes de Galles, descendants directs des

druides, chantaient alors, ainsi que nos trou-
badours et nos trouvères, les hauts faits
du roi Arthur et des chevaliers de la Table-
Ronde, les gestes de l'enchanteur Merlin.
Ils célébraient les exploits des Welches et
fomentaient la haine de l'étranger.

Machylneth, où nous voici déjà, est le
centre de l'industrie de la laine dans le pays
de Galles. Les rues sont assez larges et les
maisons semblent toutes dater d'hier ; néanmoins, on en conserve une du quatorzième
siècle, où Owen Glendower se fit proclamer
prince de Galles.

A partir de Machylneth, le sol devient de
plus en plus montueux, et nous ne tardons
pas à apercevoir le sommet de Cadair Idris,
une des plus hautes montagnes du pays de
Galles. La route, fort pittoresque, entre
dans ce qu'on appelle la passe de Cadair
Idris, qui me rappelle beaucoup celles des
Pyrénées. Des collines noires et stériles sont
comme suspendues au-dessus de la vallée,

et d'énormes blocs de rocher semblent à chaque instant prêts à crouler sur votre tête. Pendant une demi-heure on longe un précipice, au fond duquel un torrent gronde et forme une ligne argentée jusqu'au petit lac de Tal-y-Lin, déjà perdu dans le brouillard, qui, en Galles, moins épais qu'aux bords de la Tamise, voile légèrement les objets sans en cacher les contours.

Puis, le paysage s'adoucit, et les collines s'abaissent graduellement. Bientôt la ville de Dolgelly commence à paraître, brillant comme un joyau au milieu de cette vallée couverte d'une épaisse verdure. Dolgelly, la principale ville de Merionetshire, est située entre les rivières Aran et Wnion, dans une large et fertile dépression appelée le vallon des Noisetiers. Cette ville est assez mal bâtie, et l'on prétend qu'un natif de l'endroit, prié d'en donner une description, jeta un bouchon et des coquilles de noix sur une table, et désigna le premier comme l'église et les autres comme le tracé de la ville, ce

qui détermina tant bien que mal la forme
et l'architecture des rues.

L'église n'est pas ancienne et n'offre
d'intéressant qu'un monument portant l'effi-
gie d'un chevalier de la famille des Vaughan.
Aux piliers sont suspendues en quantité
des plaques en métal sur lesquelles sont ins-
crits les noms des personnes décédées dans
la paroisse, avec les dates de leur naissance
et de leur mort. Ceci me rappelle ces églises
bretonnes dont les murs sont chargés d'*ex-
voto :* ce sont des traces de la religion catho-
lique, respectées dans ces pays maintenant
entièrement protestants.

Dans une cour, derrière la poste, on nous
fit voir une vieille maison isolée, qu'on
appelle le *Parlaiment-House*, et que la tradition désigne comme le lieu où Owen
Glendower réunissait ses partisans : c'est
là qu'en 1404 il signa, avec l'envoyé de
Charles VI, roi de France, son fameux
traité, qui commence par ces mots : « Owen,
par la grâce de DIEU roi de Galles, » et finit

par ceux-ci : « Daté de Dolgelly. » Une des façades de la maison présente quelques bas-reliefs attribués au seizième siècle.

Dolgelly est un centre d'excursions plus attrayantes les unes que les autres. L'une

DOLGELLY. — La promenade du Torrent.

des plus faciles et des plus pittoresques est la promenade du Torrent ; c'est le rendez-vous habituel des artistes ; les peintres et les dessinateurs ont bien souvent reproduit ses détours pittoresques.

En quittant Dolgelly, il est préférable de

partir à marée haute, si l'on ne veut pas
perdre beaucoup de la beauté du paysage.
Une grande partie de cette vallée est admirablement cultivée ; ailleurs, d'énormes rochers couverts d'une magnifique bruyère
violette viennent se projeter sur la route.
Devant nous s'étend un long bras de mer
entouré de montagnes, dont Cadair Idris
est le point culminant.

Harlech, où nous arrivons bientôt, est une
petite ville pauvre et mal bâtie ; son château,
par contre, est un des plus beaux du pays
de Galles : une double porte et quatre puissantes tours sont assez bien conservées pour
donner une idée de son antique grandeur.

Jusqu'à Tremadoc, la route est assez insignifiante, et nous ne voyons rien que des
champs succédant à des champs. Les huit
milles qui séparent Tremadoc de Beddgelest sont, au contraire, magnifiques ; les
masses de rochers se rapprochent de plus
en plus, et l'on se trouve au milieu d'un
défilé sauvage. A droite de la route, court la

jolie rivière de Glas Llyn, dont les eaux cristallines scintillent comme un long serpent blanc se déroulant dans la vallée. Ses bords sont couverts de bois touffus et parsemés de cette belle bruyère violette que nous avons admirée déjà.

Après Beddgelest on aperçoit la charmante vallée de Colwyn et le lac de la Chaise, mare noirâtre près de laquelle est une pierre fort curieuse appelée la Tête de Pitt et qui, vue d'un certain endroit, ressemble beaucoup au profil bien connu du célèbre homme d'État.

Quelques minutes après, on côtoie un lac appelé Llyn Cwelyn, dont les eaux sont obscurcies par la masse sombre de Mynydd Mawr, haute montagne dont une partie s'avance sur le lac.

Quoique ce point paraisse inaccessible, il porte encore des traces de fortifications bretonnes.

Carnarvon est célèbre par son château, une des plus belles ruines de la région. Il

est situé sur un rocher au bord de la mer ;
malheureusement, les maisons qui l'entourent de plusieurs côtés empêchent d'en sai-
sir d'un coup d'œil tout l'ensemble.

Les murs ont sept pieds d'épaisseur ; ils
relient un grand nombre de tours qui com-
muniquent entre elles par une triple galerie.
La plus haute et la plus belle est celle de
l'Aigle, qui était anciennement surmontée
d'un aigle en pierre. On monte jusqu'au
faîte par un escalier de cent cinquante-huit
marches, et la belle vue que l'on découvre
compense bien la fatigue de l'ascension.
Dans la partie basse de cette tour, on nous
montre une petite chambre où naquit, dit-
on, Édouard II, le premier prince de Galles
de sang anglais.

* *
*

Le chemin de fer s'arrête à Bangor :
nous en profitons pour visiter près de cette
petite ville les fameux ponts suspendus qui
relient l'île d'Anglesey à la Grande-Bretagne, le pont tubulaire qui porte les trains

express de Londres à Holyhead. Il se compose de deux tubes carrés, faits d'innombrables petits tubes reposant sur cinq piles,
éloignées les unes des autres de 70 mètres
sur les côtés et de 140 au milieu. La longueur totale du pont est de 561 mètres. La
pile centrale a 170 mètres de haut à partir
des fondations ; la voie ferrée est à 31
mètres au-dessus du niveau le plus élevé de
la mer.

Aux extrémités du pont sont placés, en
guise de sentinelles, deux énormes lions en
pierre. Au premier coup d'œil, on ne se
rend pas un compte bien exact des dimen-
sions extraordinaires de ce merveilleux travail ; mais, en le regardant avec attention,
surtout d'en bas, on se fait bientôt une idée
plus juste de ses proportions gigantesques.

Nous nous arrêtons une fois encore à
Conway, une vieille petite ville dans une
situation fort pittoresque.

Conway était autrefois une place de guerre
de premier ordre ; elle est encore entourée

de murs avec quatre portes moresques,
construites à l'époque des croisades.

C'est ici que nous disons adieu à la vieille
terre Galloise et à cette belle race Kimrique
dont la fière devise rend si bien la persis-
tance et la fermeté : « Tra mor, tra Breton,»
Tant durera la mer, tant durera le Breton.

Chester, où nous arrivons enfin, est une
des plus anciennes villes de l'Angleterre,
une de celles qui ont le mieux conservé leur
antique physionomie. Les rues ont une allure
bizarre, elles sont taillées en fossés dans le
roc vif ; les trottoirs, tantôt très étroits, tantôt fort larges, s'élèvent à la hauteur du
premier étage et sont recouverts d'arcades.
Chester occupe, pense-t-on, l'emplacement
d'un ancien camp romain, et ses rues seraient
les chemins creusés entre les portes de l'enceinte. Celle-ci a été remplacée par des murailles sur le sommet desquelles on a pra-
tiqué une sorte de promenoir, assez large
pour permettre à trois personnes de marcher de front, et défendu par un parapet du

côté de la campagne. Cette promenade, qui
va courant autour de Chester par brusques
montées, par descentes rapides, présente
une succession de vues curieuses sur la ville
et ses églises, sur la Dée, les champs et les
montagnes lointaines du pays de Galles ;

CHESTER. — La maison de Stanley.

elle est flanquée de quelques tours. Dans
l'une d'elles on montre le balcon où se tenait,
dit-on, le roi Charles Ier le jour de la bataille
de Rowton, en 1645, et d'où il assista, paisible spectateur, à la défaite de son armée.

On remarque à Chester un grand nombre
de vieilles maisons admirablement conservées ; c'est une des principales curiosités de
la ville ; chacune d'elles a son histoire ou sa
légende : c'est la maison de l'Évêque, celle
de la Providence, la seule, dit-on, que la
peste épargna au moyen âge ; la maison de
la famille Stanley, restaurée depuis peu
avec un goût parfait.

Les étrangers ne manquent pas non plus
d'aller visiter le vieux porche qui donne
accès à la place de la Cathédrale, ni les
ruines de la chapelle Saint-Jean. Une légende, qui n'a rien à démêler avec l'histoire,
veut que le roi Harold n'ait point péri dans
la déroute d'Hastings, mais qu'ayant pu se
sauver, il vint se retirer dans cet ermitage
et vécut encore de longues années.

Le moment est venu de nous diriger vers
Liverpool et Manchester, les grandes mé-
tropoles commerciales de l'Angleterre. En
une heure, le chemin de fer nous mène de
Chester à Birkenhead, parcourant rapide-

ment une région absolument dépourvue d'intérêt.

Birkenhead n'est qu'un faubourg de Liverpool, dont elle est séparée par la Mersey. Jusqu'en ces dernières années, un bac à vapeur faisait la traversée en quelques minutes, laissant à peine aux voyageurs le temps d'admirer le spectacle si animé du débarcadère et du cours du fleuve. Mais cette interruption dans le voyage semblait une gêne insupportable aux habitants de Liverpool : ici plus que sur tout autre point de la Grande-Bretagne, le temps c'est de l'argent, et depuis 1866 on travaillait sans interruption à un vaste tunnel qui, passant sous la Mersey, devait rattacher Birkenhead à la rive du Lancashire. Cet immense travail a coûté des millions ; il vient d'être livré à la circulation.

Comme toute grande ville qui se respecte, Liverpool possède quelques nobles édifices, le Tribunal, la Bourse, l'Hôtel-de-Ville, la Douane ; elle a aussi Musée, Jardin Zoolo-

gique, Jardin Botanique, et de vastes parcs
dont l'un, situé au sud, s'étend sur un espace
de 156 hectares. Un cimetière, installé dans
d'anciennes carrières dont les parois sont
percées de catacombes, est fort curieux.

Mais la merveille de Liverpool, ce sont
ses bassins à flots. Aucune ville ne peut
rivaliser avec elle, car ses docks se dévelop-
pent en une triple rangée au-devant de la
ville, sur une longueur totale de plus de
huit kilomètres, couvrant avec les magasins
qui les entourent un espace de 414 hectares
et présentant vingt-neuf kilomètres de quais.

Si Liverpool est la ville du commerce,
Manchester est celle de l'industrie. Dès le
quatorzième siècle, elle était connue pour
ses manufactures d'étoffes établies par des
ouvriers flamands. Après la révocation de
l'Édit de Nantes, elle profita des industries
que lui apportèrent les protestants fugitifs.
De nos jours, elle est surtout la capitale du
coton, et ses grands industriels sont les *cot-
tonlords*. Des centaines d'usines se pressent

dans la ville et dans la banlieue, et c'est par centaines de millions, par milliards même que sont engagés les capitaux dans l'industrie. Aussi n'est-il pas une ville dans le monde où la politique des intérêts matériels soit prêchée et pratiquée avec plus de zèle.

Mais nous avons hâte de respirer un peu ; ces usines sans fin, tout ce bruit de machines, le triste contraste de la misère de l'ouvrier et de l'opulence de ceux qui le font travailler, nous pressent et nous obsèdent, et c'est avec joie que nous laissons Manchester pour une rapide excursion dans le comté de Derwent. L'on nous a beaucoup vanté les bords de la petite rivière qui lui a donné son nom, et de fait il serait difficile de rien trouver de plus charmant, de plus gracieux.

La Derwent parcourt une profonde vallée dont les flancs sont couverts de villages, de bains, de châteaux et de villas entourés de parcs splendides.

On remarque surtout le célèbre château

de Chatsworth, dont le nom revient souvent
dans l'histoire des malheurs de Marie Stuart.
On y montre encore la place où elle aimait
parfois à se laisser aller à ses mélancoliques
rêveries. Chatsworth renferme une précieuse
collection de tableaux, des statues des
grands maîtres et une splendide bibliothèque.

Buxton, l'une des stations de bains les
plus célèbres de l'Angleterre, se trouve dans
la haute vallée de la Wye, au centre d'un
bassin qu'entourent des collines couvertes
de bruyères. Autour du somptueux établis-
sement s'étendent des prairies, des parcs,
de belles avenues d'arbres, et, plus bas, la
Wye s'engage dans un défilé sauvage, à
l'entrée duquel se dresse la roche isolée du
Chee Tor, obélisque naturel de 90 mètres
de hauteur, entouré de verdure et portant
un bouquet d'arbres, d'arbustes et de fleurs
dans chacune de ses anfractuosités.

Matlock-Bath, village de bains situé au-
dessus du confluent de la Derwent et de la

Wye, est dominé par un autre rocher, plus
superbe encore, le High Tor, qui dresse à
120 mètres sa masse pyramidale, entourée
d'arbres à sa base.

Nous n'en avons point encore fini avec
les grands centres de l'industrie anglaise ;
force nous est bien de nous arrêter à
Leeds, la cinquième ville du Royaume-Uni,
la première du monde comme centre de la
fabrication des draps. On y trouve aussi de
grandes manufactures de toiles, des usines
métallurgiques de premier ordre.

Leeds a plus de trois cent mille habitants. Triste et monotone comme toute ville
industrielle, le dédale de ses rues est pourtant interrompu çà et là par de beaux jardins. L'Hôtel-de-Ville, de style corinthien,
a grand air ; les Musées, les Bibliothèques
sont bien installés et très fréquentés.

Suivant la mode anglaise, les principaux
négociants et industriels n'habitent pas la
ville, ils n'ont là que leurs comptoirs ; ils
ont construit d'élégantes villas sur toutes

les collines avoisinantes et jouissent dans ces palais de tous les raffinements du luxe.

Ces splendides habitations sont la vivante antithèse des ignobles cloaques où agonise l'armée de misérables dont le travail a créé ces richesses.

C'est avec joie que nous remontons en chemin de fer, que nous laissons derrière nous ce monde de misères ; nous allons à York, où nous appelle une splendide cathédrale gothique, la merveille de l'Angleterre, certains disent du monde.

York a la réputation, bien méritée, d'être une des plus belles villes de l'Angleterre. Les rues sont larges, bien percées, garnies de belles maisons d'un grand air. Elle est d'ailleurs agréablement située au confluent de l'Ouse et de la Fosse, au centre d'une plaine fertile.

Station romaine sous Agricola en 70, résidence favorite de l'empereur Septime-Sévère, qui y mourut en 211, York est une des plus anciennes villes de la Grande-Bre-

tagne. C'est à peine pourtant si l'on y re-
trouve quelques vestiges de ces temps pri-
mitifs. Les monuments, les églises datent
du moyen âge, et Guillaume-le-Conquérant
a bâti une tour sur les ruines de la forteresse
romaine.

La cathédrale, bâtie sur une hauteur, est
remarquable par l'unité de son ensemble.
La rosace de la façade principale est d'une
rare magnificence. Dans l'intérieur on ne
peut voir sans intérêt le jubé orné de statues de tous les rois d'Angleterre depuis
Guillaume-le-Conquérant jusqu'à Henri VI.
Je vous dirais bien la longueur, la largeur,
la hauteur de la basilique, mais Baedeker
vous renseignera beaucoup mieux que moi
sur ces détails, si toutefois ils vous inté-
ressent.

Il nous faut bien voir encore la Bibliothèque, construite sous le règne de Richard Ier, le château de Richard III, qui
sert aujourd'hui de prison, l'Hôtel du Comte,
monument d'ordre ionique, précédé d'un

beau portique, l'Hôtel-de-Ville, qui date du
quinzième siècle.

Disons enfin que les jambons d'York sont
célèbres et méritent de l'être.

Les Anglais prétendent que Scarborough
est la reine des bains de mer du Nord, et,
de fait, il serait difficile de rêver une situation plus charmante, plus romantique, comme on disait au temps jadis.

La ville, assise à proximité d'un petit
promontoire qui s'élève à trois cents pieds
au-dessus de la mer, et qu'une ceinture de
rochers défend contre l'assaut des flots, est
très pittoresque. Les habitations se pres-
saient autrefois autour d'un vieux château
féodal et d'une antique église ; mais peu à
peu, les troubles et les incertitudes faisant
place au calme et à la paix, les habitants
s'éloignèrent des hauteurs où ils cherchaient
surtout un refuge, et se bâtirent de nouvelles habitations sur le bord de la mer, au
nord et au sud du vieux Burg.

Aujourd'hui Scarborough est, pendant la

belle saison, une ville de plaisance ; on y
trouve le traditionnel Casino et tous les

SCARBOROUGH. — Les murs du château.

agréments qui font les délices des baigneurs
de Brigton et d'Ostende.

Le château de Scarborough a joué un rôle important dans les guerres civiles qui désolèrent si longtemps l'Angleterre ; il fut bâti sous le règne d'Étienne, pris et repris par les rois et les seigneurs, assiégé et démantelé par Cromwell.

Non loin du château est Sainte-Marie, une vieille église en ruines, d'architecture normande. Le chœur fut détruit au cours des guerres civiles, la tour s'est écroulée ; la nef abandonnée semblait condamnée à son tour, quand on entreprit enfin de la restaurer. Une partie est terminée, mais il faudra une huitaine d'années encore pour mener à bien ce travail.

Je ne vous dirai pas le pays que nous avons traversé en quittant Scarborough, car c'est de nuit et par train express que nous avons dû faire cette partie du voyage.

Nous n'avons donc rien vu de Hull, l'un des ports les plus importants de l'Angleterre, qui devrait être pourtant plus fière d'être la patrie de Wilberforce, un des

hommes dont s'honore l'humanité, que de
son immense trafic avec l'Allemagne et
l'Amérique.

Autrefois, Édouard VI régnant, Lincoln
n'avait pas moins de 52 églises. Il lui en
reste encore un bon nombre, dont une magnifique cathédrale.

Lincoln a grand aspect ; comme beaucoup
d'anciennes cités, elle se compose de deux
villes, l'une qui s'étend à la base de la colline, l'autre qui escalade les pentes et se
presse autour du vieux Muster.

La ville basse recouvre entièrement une
jolie rivière qui se voit à grand'peine, em-
prisonnée sous un tunnel, mais qui prend
ensuite sa revanche en formant, au sortir de
la ville, un véritable lac qui communique
avec le Trent et, par ce fleuve, avec les principaux canaux du pays. Les habitants ont
su profiter habilement de ces avantages, et
font un énorme commerce de grains et de
laines.

Les amateurs de belles ruines admireront, sur le point le plus élevé de la ville, celles de l'ancien palais épiscopal, que détruisirent les soldats de Cromwell ; mais ce qui mérite surtout d'être examiné, c'est la cathédrale, monument magnifique d'architecture normande, regardée comme la plus grande église de l'Angleterre après celle d'York. Sa longueur, de l'orient à l'occident, est de 530 pieds, sa largeur de 227. Son portail et deux de ses trois tours datent du onzième siècle ; la plus haute a 300 pieds d'élévation. Le reste de l'édifice fut construit à différentes époques. Avant la Réforme, elle était la plus riche du royaume ; Henri VIII s'appropria la plus grande partie de son trésor.

Pendant les troubles du règne de Charles Ier, les riches et nombreux tombeaux qu'elle renfermait furent mutilés, et l'église fut convertie en caserne. Comme toutes celles de l'Angleterre, elle possède un grand nombre de cloches, particularité qui justifie le nom d'*Ile sonnante* que Rabelais donne

si plaisamment à la Grande-Bretagne ; mais
la plus remarquable est celle de la tour du
centre : les difficultés qu'elle offre pour être
mise en mouvement sont cause qu'on la
sonne rarement. Elle pèse 96 quintaux, et
sa circonférence est de 22 pieds.

Nottingham est bâtie en amphithéâtre
sur la pente d'un rocher qui domine une
grande étendue de prairies. Bien que l'industrie y soit très en honneur, la bonneterie
principalement, c'est une jolie ville, aux rues
larges et bien percées.

Les ruines de son vieux château attirent
beaucoup de touristes, de ceux surtout qui
aiment les émotions vives.

Ce vieux donjon, dont la construction
remonte à la conquête normande, servit de
demeure, nous dirions volontiers de prison,
à bon nombre de rois. Richard Cœur-de-
Lion y séjourna ; Jean-sans-Terre aimait à
s'enfermer dans cette sombre forteresse.
C'est ici qu'il donna l'ordre de faire pendre,
en 1212, les otages gallois. Henri III date

de Nottingham plusieurs chartes importantes ; Édouard Ier accorde aux habitants de nouveaux privilèges. Mais le sombre renom du château date du règne de son petit-fils, et se rattache à une lugubre histoire que racontent encore ses vieux murs noircis par le temps, ses souterrains obscurs.

La reine-mère et Roger Mortimer, son favori, avaient établi ici leur résidence. Le jeune roi n'avait guère à se louer des procédés de Mortimer ; l'orgueil et les prétentions de cet insolent ministre avaient excité contre lui tous les seigneurs de la cour. On résolut de s'en défaire.

Le château, comme cela se voyait fréquemment au moyen âge, communiquait avec la campagne par un passage souterrain qui existe encore, et se creuse sous les murs et les ouvrages avancés. Seul le gouverneur du donjon savait ce secret ; il était du complot, et, une nuit, il amena le jeune roi, ses serviteurs et ses amis, à la lueur des torches, aux appartements de sa mère. Un

traître avait laissé les portes ouvertes. Mortimer était dans une chambre voisine. Mal-

CHATEAU de NOTTINGHAM.
La prison du roi David.

gré les cris et les protestations de la reine,
on l'emmena à Londres, où le Parlement le
fit pendre.

Nottingham a d'autres souvenirs encore. David II, roi d'Écosse, vaincu et prisonnier, agonisa douze ans dans un obscur cachot que l'on voit encore aujourd'hui.

C'est de Nottingham que Richard III s'en fut accomplir sa destinée aux champs de Bosworth.

Enfin, dans des temps plus rapprochés, c'est à Nottingham que Charles Ier commença la guerre contre les troupes du Parlement. C'est ici que se place la première scène de ce long drame dont la hache du bourreau fut le sombre dénouement.

De Nottingham à Peterborough la route offre d'abord peu d'intérêt.

Mais nous voici déjà dans le comté de Northampton, une des contrées les plus saines et les plus agréables de l'Angleterre.

Pendant la belle saison le Northampton est le séjour d'un grand nombre de riches familles ; on rencontre à chaque pas de somptueuses villas, de magnifiques châteaux. Autrefois le pays était couvert de forêts ;

elles ont été défrichées en partie, mais les riches propriétaires du sol ont gardé soigneusement la plus belle part de ces bois, en vue de la chasse, leur divertissement favori. On y trouve aussi des chats sauvages, les fauves les plus dévastateurs qui subsistent encore en Angleterre.

On rencontre quelques marais que l'industrie n'a pas eu encore le loisir de dessécher; celui de Peterborough n'a pas moins de 2.800 hectares.

Peterborough est la ville la plus importante du comté; on y voit d'anciennes et pittoresques demeures. L'église abbatiale, devenue cathédrale, est un des monuments curieux du moyen âge. On y montre aux touristes le tombeau de Catherine d'Aragon, une des femmes de Henri VIII, et celui de Marie Stuart. La pauvre reine décapitée en 1587, au château de Fotheringay, a dormi là vingt-sept ans son dernier sommeil, puis son cercueil fut transporté à Westminster; il est encore aujourd'hui dans la grande nécropole anglaise. Les guides lui font l'honneur d'un boniment spécial et battent monnaie du souvenir de ses fautes, de ses malheurs et de sa beauté.

Nous entrons maintenant dans le comté de Norfolk, qui forme une sorte de presqu'île baignée au nord et à l'est par l'Océan. L'agriculture y est en grand honneur ; les Anglais vantent tout à la fois les instruments aratoires très perfectionnés du Norfolk et ses moutons non moins perfectionnés. Leur chair est exquise, leur laine alimente les manufactures du Yorkshire. Une des principales cultures de cette région est celle des navets. On en récolte des montagnes qui servent à la nourriture des bestiaux.

L'uniformité du sol, qui ne présente que des ondulations insignifiantes, donne si peu de pente au cours des deux ou trois petites rivières qui arrosent cette région, qu'elles forment à tout instant des lacs peu profonds, nommés dans le pays *Broads*, qui abondent en poisson et où l'on chasse en automne le canard sauvage et divers oiseaux aquatiques.

Plusieurs districts qui bordent l'Ouse sont découverts et nus, et consistent en vastes bruyères reposant sur un sol sablonneux. Les côtes sont formées, tantôt de falaises argileuses dégradées sans cesse par les envahissements de l'Océan, tantôt de basses plages couvertes de cailloux roulés qui forment des bancs naturels où le sable s'accumule, retenu par les racines des herbes marines. Derrière ces petites dunes se trouvent des marais salés d'une grande étendue, et souvent inondés à la marée haute. Au large s'étendent des bancs de sable très dangereux pour la navigation : le plus considérable est celui qui s'avance parallèlement à la côte d'Yarmouth, et qui forme à l'embouchure de l'Yare la rade de ce port, autrefois un des plus importants de l'Angleterre.

Norwich, où nous arrivons maintenant,

mérite toute l'attention du voyageur. Elle
était autrefois un port de mer : l'estuaire
n'avait pas encore été comblé par les allu-
vions lorsque, en 1003, la flotte danoise du
roi Sweyn remonta jusqu'à la ville pour la
prendre et la détruire.

Avec quelques belles maisons et des rues
étroites, elle renferme de vieilles constructions, principalement parmi ses églises, qui
sont au nombre de 36. Son château-fort
passe pour avoir été bâti d'abord par le roi
saxon Offa, et reconstruit au quatorzième
siècle par Édouard II ; il est placé au centre de la ville, entouré d'un fossé profond,
et sert de prison depuis plus de quatre cents
ans. Cette capitale, qui, au quatorzième siècle, était si considérable que 58.000 personnes y moururent de la peste, et qui, en 1505,
fut presque entièrement détruite par le feu,
ne doit sa prospérité qu'à son industrie.
Elle a plus de deux lieues de circuit et possède cinq hôpitaux , dont un grand , de
nombreuses écoles et une bibliothèque pu-

NORWICH. — La vieille ville.

blique, une vaste cathédrale construite dans
le goût normand, un très beau palais épis-

CAMBRIDGE. — La cathédrale Sainte-Marie.

copal, et, parmi ses 36 autres églises, celle de
Saint-Pierre-de-Macroft, remarquable par sa
grandeur et sa beauté.

Nous voici enfin à Cambridge, au terme de notre voyage.

Cambridge est située sur le Cam, affluent méridional de l'Ouse. C'est la rivale univer-

CAMBRIDGE. — L'église ronde.

sitaire d'Oxford ; pour l'étude des mathématiques elle lui est supérieure. La plaine qui l'entoure est plus uniforme ; mais la plupart des collèges ont de vastes jardins, des parcs même, des pelouses qui s'inclinent vers les

bords de la Cam, toute parsemée d'embarcations aux banderoles joyeuses. Cambridge
n'a pas un ensemble de monuments aussi
considérable que celui d'Oxford : toutefois
quelques-uns de ses édifices sont plus vastes
et plus splendides que ceux de l'Université
rivale, et la pierre, « plus dure, plus résis-
tante, a gardé, sous la grandeur du dessin,
toute la finesse des détails. » Le collège du
Roi *(King's College)* est somptueux, et sa
chapelle, qui domine toute la ville de Cambridge de sa haute nef et de ses quatre tou-
relles d'angle, est un des plus admirables
monuments du style ogival au quinzième
siècle. Le collège de la Trinité, le plus riche
et le plus fréquenté de tous ceux que possède l'Angleterre, forme à lui seul une partie
considérable de la ville.

L'origine de l'Université de Cambridge se
perd dans le moyen âge ; une de ses écoles,
celle de Saint-Peter, qui existe encore, se
fondait en 1257, neuf ans après l'établisse-
ment de la plus ancienne d'Oxford, et, de-

puis cette époque, l'Université de la Cam
n'a cessé de grandir, d'ajouter collège à
collège, fondation à fondation. De même
qu'à Oxford, les étudiants sortis tiennent à
honneur d'enrichir l'école où ils ont été éle-
vés, en lui envoyant des livres, des objets
d'art, ou même en ajoutant à ses revenus
par des titres de rente. Sauf les noms, l'organisation générale de l'Université se ressemble beaucoup dans les deux villes, si ce
n'est que Cambridge compte seulement
dix-sept collèges et qu'il s'en est fondé ré-
cemment deux nouveaux pour les dames,
qui ont reçu le droit de passer des examens
aussi complets que ceux des hommes, mais
séparément. A Cambridge, bien plus encore
qu'à Oxford, ce sont les professeurs, les
fellows et les étudiants, au nombre d'environ 2.500 personnes, qui font la prospérité
de la ville : quand ils se retirent, à l'époque
des vacances, le silence se fait aussitôt dans
Cambridge, comme dans une cité morte.
Mais pendant la saison des cours quelle ani-

mation dans les rues des collèges, dans les prairies où l'on joue au cricket, à la lutte, à la course ; et quel mouvement d'embarcations sur la Cam, où s'exercent les rameurs pour essayer de remporter contre leurs rivaux d'Oxford ce prix de vitesse qui passionne l'Angleterre plus que ne le ferait un conflit entre deux nations !

Nous voici au terme ; en quelques heures, le chemin de fer nous conduit à Londres, et déjà le steamer qui doit descendre la Tamise et nous ramener en France est prêt au départ. Il nous faut dire, et non sans regret, adieu à l'Angleterre.

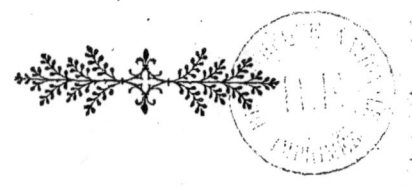

www.ingramcontent.com/pod-product-compliance
Lightning Source LLC
Chambersburg PA
CBHW051830020726
47502CB00005B/1722